U0011800

杏林子 著

打破的古董

增訂新版

杏林子其人其文

十二歲這一年，有一天早上起床，她感到四肢無力，扶著床欄，邁不開步子，母親靠攏上去拉住她，她痛苦的叫著：「媽媽，我不行了，走不動了。」從這一天開始，十二歲的劉俠，還在就讀北投國小六年級，得了類風濕關節炎，身上的關節一個個扭曲、疼痛、變形，從此失去健康，失去求學的機會，開始她漫長而千篇一筆的「生病史」。

十七歲開始發表文章

病床上的歲月，原本打發時間的書籍教育了她，看著親人為她焦灼、憂慮，她

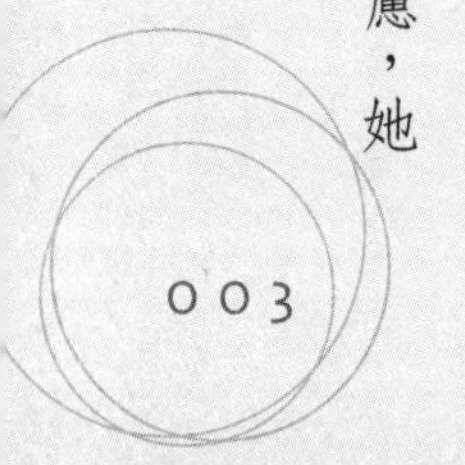

開始體貼親人見她被病折磨時無告的痛苦，無數次進出醫院，幼小的心靈隨著週遭的生老病死而成長，十七歲這年，劉俠開始有文章在《中華文藝》發表，藉著寫作她走出醫院與病床外的新天地。

為了紀念故鄉陝西扶風杏林鎮，也感念照顧她的醫護人員，劉俠為自己取了筆名「杏林子」。她說：「在一張三尺寬六尺長的病床上，只要好好努力，也可以有所作為，也可以為自己開創一片新天地。」

杏林子文如其人，讀她的文章就像聽到她爽朗清脆的聲音，她說自己是「名病人」，形容自己身上的病痛分五級：小痛、中痛、大痛、巨痛、狂痛，五痛不分晝夜隨時伺候，別人不忍見她病痛纏身，生不如死，她卻說：「有時候感覺自己就像叫化子一樣，因為擁有的東西太少，所以得到任何一點點都備加珍惜。」除了愛，她一無所有，所以她愛家人，愛朋友，擴而大之，更愛「不知為什麼活，不知活著幹什麼的殘障孩子。」

有一線光明射入她的生命

民國五十五年，這年她二十四歲，躺在床上十二年，憑著一股毅力，奇蹟的從床上坐了起來，扶著枴杖艱難的邁步，已立立人，她到南機場「社區發展實驗中心」，為遭遇到同樣命運的孩子服務，接著又加入內政部「傷殘服務中心」的工作，從此寫作的杏林子開始漫長而艱辛的社會服務工作。然而，命運似乎跟她開一個無情的玩笑，不久之後，不但不能走路，而且全身癱瘓，關節只剩百分之十可以活動，美麗的臉龐與纖纖十指慢慢變形。生命由一線希望到完全絕望，樂觀的杏林子卻說：「這是一件很奇妙的事，昔日存有一線希望，伴著希望來的是無盡失望，如今到了山窮水盡的地步，卻似有一線光明，開始慢慢射入我的生命。」

見證人間的大美與大愛

因為她的堅強樂觀，長痛當歌，以文字鼓舞了無數絕望的心靈，民國六十五年，她當選了十大傑出女青年。在生命最輝煌的一刻，她卻正忍受極大的痛苦，她這樣敘述著：「當選十大傑出女青年的時候，因腿痛正劇，我忍不住流下輕易不肯流下的眼淚，不是欣喜，而是感觸，因為我發現即便是這樣的榮耀，亦不能減輕我一絲一毫的痛苦。」

病痛的杏林子樂觀堅強，這樣特性行諸文字，表現的是超越——超越痛苦極限，超越小我悲憐怨歎，試煉人的潛力，表現人性的真善美。《打破的古董》精選自《另一種愛情》、《重入紅塵》與《感謝玫瑰有刺》三本散文集，讓我們看看不寫醫院，不寫自己病痛的杏林子，如何在她三尺寬六尺長的世界中營造出無限寬廣的天地。取名《打破的古董》，因為人間不免缺憾，缺憾還諸天地就像杏林子以殘缺的身體見證人間的大美與大愛。

由「天地歲月」開始，四十歲這年，杏林子為自己寫了一副對聯：「天地無限廣，歲月不愁長」自況心境，一種行到水窮處後，坐看雲起時的悠然。「天地歲月」一輯，有杏林子對生命的思考，對大自然的熱愛；還有她對生活此時此刻的意見等，文字舒緩，思考綿密，有哲理有抒情，文筆高華洗練，在在流露入世出世的胸襟與情懷。

創辦「伊甸」成為社福人員

另一輯「除了愛，我一無所有」中完全展現杏林子對愛的執著、愛的選擇，在〈另一種愛情〉中她說出生命中出現的愛的插曲，種種情愛掙扎，小愛如何衍伸至大愛：「這個世界似乎再也沒有什麼令我眷戀不捨的，只除了人。每當我的觸角伸得更廣更遠，我的根便扎得更牢更深，我於是被這一片大地整個攫住了。」也是因為愛，她創辦伊甸殘障福利基金會，作家杏林子成為社福人員劉俠。本輯〈濁世〉、〈重入紅塵〉等文，有她最真誠的心靈告白。

當然，讀杏林子的文章絕不能缺少她的勵志文字，因為她不只是寫給弱勢朋友，更寫給迷惑、困頓的朋友，在人生不如意時，看杏林子如何以幽默的筆調說視死如歸、好生好死，告訴我們人生路上如何與信心同行，讀本輯文字，我們讀不到杏林子的淚水，只聽到她以爽朗清亮的聲音為大家加油。

她的書感動海內外千萬讀友

杏林子說，她不願意放棄，清晨醒來發現自己仍然活著，可以聽，可以看，可以說話，可以呼吸，可以思想，可以愛，可以做一點自己喜歡的事，心中真是充滿了歡喜和感謝，就好像聚寶盆，每天都有一個新的生命跳出來。她的書、她的話，感動海內外千萬讀友，人生充滿挑戰，杏林子的故事，告訴大家，只要努力，人人都可以是生命的大贏家。

——編者

杏林子小傳

杏林子（劉俠），陝西省扶風縣人，民國卅一年生，北投國小畢業，民國八十六年獲靜宜大學頒贈榮譽博士學位。

十二歲時即患類風濕關節炎，至今全身關節均告損壞，但寫作不輟，除創作各類劇本四十餘齣外，並出版散文集《生之歌》、《生之頌》、《杏林小記》、《探索生命的深井》、《美麗人生的22種寶典》等多種。作品深受海內外讀者喜愛，屢被收入《讀者文摘》中文版，及僑校課本、港臺國中國小課本。

杏林子愛父母、愛兄弟姊妹、愛朋友、愛殘障孩子、愛山水自然、愛天地之間的萬物萬事，當然也愛自己。因為有愛在心，所以她永遠年輕、美麗而快樂！

她更擴大愛心，創辦伊甸殘障福利基金會，為殘障者做服務性的工作。

曾當選第八屆十大傑出女青年；並以《另一種愛情》一書榮獲七十二年國家文藝獎；曾獲第三屆吳三連基金會社會服務獎。現任總統府國策顧問。

杏林子的作品以散文為主，時賢譽為「無論析理、言情，都展現了擁抱社會、熱愛人群的胸懷，字裡行間所流露的，莫不是對同胞的關懷與愛。」

目錄

輯一 天地歲月

輯二

除了愛，我一無所有

輯三

與信心同行

附錄

輯一

天地歲月

春天走過——寫給ECHO

鳥

春天，在這裏原是不明顯的，特別是今年，溫差極大，不是熱如盛夏，就是冷如寒冬，幾乎嗅不到春的氣息，看不到春的蹤跡。

只除了滿山的鳥鳴。

春天，是屬於鳥的季節。今晨，我就是被鳥聲喚醒的，起先還是以為自己在做夢，但慢慢地，一點一點清醒，才發現是真的鳥叫，怎麼給人一種如真似幻的感覺呢？

我就這樣靜靜躺著，試著將牠們的音樂錄下來，錄在心裏。妳聽，有種鳥的曲子是這樣的：「一二三——一……」最後一個音是用顫音唱出來的。另外一種是「三二一——三二一」像滾動了一盤子的玻璃珠子，撞擊出脆亮的節奏。

還有一種簡直就好像在說：「弟弟，弟弟，我是弟弟……」牠們都是山中的主唱者，當然還有其他的鳥，有時也會聽到貓頭鷹的「咕咕」聲，前兩天有隻烏鴉一直「呱呱」地叫著，烏鴉碰到人也真是倒楣，平白無故的給扣上了個「不祥」的帽子。什麼是祥？什麼是不祥呢？人總喜歡把自己當做上帝。

有時我也在想，不知牠們都唱些什麼？是對生命的歡唱呢？還是彼此互訴情意？可惜我不是公冶長，聽不懂鳥國的語言。

其實，不懂也好，也許鳥類並不如我們想像的那樣單純快樂，也許牠們也要為生存掙扎辛苦，為彼此的利益爭鬥殘害吧！還是不懂的好，人類的是非已經夠多了，何苦再把鳥的也攬過來。

不管怎麼說，我還是喜歡聽鳥叫。我窗外山坡上原本有株兩丈多高的桐樹，我稱之為小鳥的「米蘭歌劇院」。一到了春天，可真是眾鳥齊鳴，可惜前年一場大颱風（就是差點沒把基隆港吹翻的那場），把它連根拔去了，讓我心痛了好久。而山上的住

戶越來越多，相對的，鳥就越來越少，沒有鳥唱的日子，我也寂寞。

前兩天，霍昆回來，我們一起學鳥叫，舌頭怎麼也繞不過彎來，真笨。結果他看著我，我看著他，相對哈哈大笑，他才三歲哪！

樹

每年我坐在窗前看它發芽，每年都一樣驚奇。

我不知它叫什麼名字，有人曾告訴我，但我又忘了，我原不想刻意去記住什麼。冬天，它落盡了葉子，枯乾的好像八十歲老人衰退的手臂，黧黑的皮膚下，只剩下筋和骨頭，在冷風裏顫個不停。可是一等風變暖和了，鳥開始啼了，總是在某一個你不注意的清晨，發了一樹的嫩芽，嫩得好像小嬰兒肥胖的小指頭，恨不得咬一口。霍昆就常把他沾滿了巧克力糖的手指伸給我：「妳吃吃這根，比較甜！」好像我是食人族似的。

我是從不為落葉感歎，就像我也從不為夕陽流淚，因為我知道今年的葉落是為了孕育明年的新生，今天的日落是為了展現明天的晨曦，懷抱一個美麗的希望，這一切都是可以忍受的。生死輪迴，原是天地大法，沒有什麼可悲的。

年年我看它發芽，看秋去春來，生命的再生和成長於我是一種喜悅，一種感動。生命真好，真的。

有個女孩問我，人生是否像戰場，需要我們勇往直前，勇戰不懈？

我說不錯，當我們處在困境或是遇到難關時，我們是需要鬥士一般的精神和勇氣，但更多時候，神也要我們享受生命。如果人生是一連串不停的戰鬥，那該是多麼殘酷痛苦，也許我們早已筋疲力盡，奄奄一息了。

在我生病的前一段歲月，我感覺自己有如貝多芬的「命運交響曲」，充滿了不屈的意志，向命運挑戰，而現在卻越來越像一首「快樂頌」，只有無盡的讚美和感謝。貝多芬是在完全耳聾之後寫的這首曲子，我也是，在完全不能行動之後大徹悟。我們都已從苦難中把自己釋放出來，不再承受生的艱難、掙扎和痛苦，只願享受生命的歡愉和安寧。

是的，生命是需要享受，也應該享受的。就像山享受陽光，樹享受輕風，花朵享受露水，大地享受欣欣萬物。

上帝原把伊甸園賜給了人，人卻自己失去了它。

花

陽台上的海棠開了一整排，密密麻麻，像一堵粉牆。媽媽說了一大堆名字，什麼四季海棠、秋海棠、荷葉海棠、十字軍海棠……總有十幾種吧！妳知道我這顆像是粘滿漿糊的腦袋，從來也分不清誰是誰。

我們都戲稱這是媽媽的花兒子、花女兒，寶貝得很。連霍昆都知道，奶奶的花是不能碰的。

不明白媽媽何以這樣喜愛海棠，是否還包含了什麼特別的情愫？我始終不敢問，怕問出一些什麼。

這一排粉紅色的花牆中，獨有一盆紫色的非洲堇，小民愛若瑰寶（她有一本書的封面就是它），媽媽曾分植兩盆給她，但因為他們家陽台西曬，可憐她像陶侃搬磚似的，每天把這花寶貝搬出搬進，還是越養越瘦。有人說給非洲堇澆水時，不能灑在葉子上，否則會腐爛，媽媽就不信這個邪，花草本是大地自然的產物，沒聽過老天下雨也不沾濕它的。人把自己越養越嬌貴，把花也弄得弱不禁風的地步。

暮春初夏時候，有種大岩桐，美到極致。深紫和大紅的花瓣中，有著隱隱發亮的絨毛，像極了絲絨。那分豔麗，那分綽約，吸引得從來對滿園春色都視若無睹的父親都注意到了。如同玫瑰、蘭花、曇花一樣，它們只適合個別欣賞，混在一起反而顯不出那種風華絕代的特色來。這也是種悲哀，你要高貴，你要卓然而立，就先得忍受孤單和寂寞。而我，寧做草原上的一枝小小的酢醬草，我不需要別人來肯定自己，只要有屬於我的那一小撮土，我就可以活得自由自在。有一次看到董敏拍攝的一張油菜田的照片，一望無際的田野，開遍了密密麻麻像金子一樣的油菜花，那又是怎樣一種驚心動魄的美。我喜歡我的生命更貼近大地。

其實，桃也罷、杏也罷、芙蓉海棠也罷，總以自然為好。我是不怎麼欣賞盆景，尤其是那種用鐵絲竹條綁得奇形怪狀的，不論怎麼看都覺得匠氣十足，教人無法忍受（就像妳形容的，好比裹了小腳的女人，再美，也是病態的）。我寧肯喜歡門前山坡上那一片野草，一到冬季白花花的芒草（外形類似蘆葦），風起處展現出一種野性粗獷的動感。

連帶地，我也不喜歡什麼花道、茶道。喝個茶都費那麼大事，多累人呀！

蝶與蛾

有花的地方，就有蜂，就有蝶。每次看到牠們繞著花飛前飛後，就覺得生命真是一種美。

掙扎也罷，流淚也罷，都是美。因為有付出，也有收穫。其實，付出的本身就是一種收穫，是不？

山上的蝴蝶大多是黑色的鳳蝶，有些真是漂亮得教人忍不住讚歎。對了，還有蜻蜓，妳有沒有見過翅膀像黑色的透明紗一樣，脈絡分明，而細長的尾巴卻是鮮紅色的？我真是沒有想到，蜻蜓居然也可以華麗到這種地步，簡直做夢似的。

而那一大片，大概有幾千隻之多，壯觀極了。只是這樣的奇景只見過一回，一回也就夠了。

有一晚，我正在燈下看書，窗外不斷有飛蟲撲擊，第二天，媽媽在窗檯上撿到一隻蝴蝶，妳猜有多大？說出來嚇妳一跳，直徑將近一呎，像個小臉盆似的。我們像撿到什麼寶貝似的，歡喜若狂，把牠小心地夾在報紙中，打算將來製成標本，專門展覽給那些台北來的土包子看，準保嚇得他們瞠目結舌不可。（說不定每人收幾元門票，還可發筆小財呢！一家人做了半天白日夢！）

結果來了位學生物的朋友，一眼就鑑出，那不是蝶，是蛾。我們一下子洩了氣，也不知把牠扔到哪去了，就算是蛾，也是大得少見，真後悔。其實，牠本來就是蛾，是我們自己要誤以為牠是蝶，及至發現牠是蛾，又遷怒於牠，好像牠欺騙了我們。

哈哈！這就是偉大的人類。

婚禮

春天，也是個屬於結婚的季節。

我是一個看見別人結婚就會跟著興奮的人物，每次看到花車什麼的，會把一家人都叫出來看，真是沒見過世面。我喜歡婚禮，喜歡曳地的白紗禮服，滿室的花香，輕快的結婚進行曲，還有新郎臉上的喜氣，新娘的嬌羞，以及因為這一切所烘托出的那一份暖烘烘、喜洋洋的氣氛。

我喜歡看見一切美好、圓滿的事物。人生的波折太多，痛苦也多，我們要掙扎、要奔波、要汗流滿面；許多紛爭、許多橫逆、許多鉤心鬥角，難得有一件事像這樣同心合意，歡歡喜喜，充滿了無盡的愛和祝福。

雖然，有些婚姻也會變質，也會失敗，但誰也不能否認一對新人互屬終身，立下愛的誓言時，那一剎那真是天地同鑑，日月同心，美得無比。我還是喜歡看到別人結婚，喜歡天下有情人皆成眷屬。

就在這一個春天，我最疼愛的小么妹也結婚了。

妳知道嗎？為了她結婚，我居然還去燙了個頭，這也是破天荒的事。原因是我前年做了件長禮服，可憐去年坐骨關節大痛，有一年多沒下山了，一直沒穿，這下可有機會亮相了。妹說我穿得這樣漂亮，卻一頭清湯掛麵，未免太沒氣質了。說也奇怪，關節再痛我都不怕，就是受不了燙髮時刮髮、捲髮的痛楚，常痛得我哇哇大叫。不知什麼人發明的這種刑罰，專門折磨女人？但女人的虛榮心還是勝過這一切，我被她幾次說得心動，決定「犧牲到底」，但想到十幾年都沒燙頭了，既然要燙，乾脆就燙個最時髦的「爆炸頭」。只是媽媽嚇壞了，堅決反對，我們母女一向都很有默契，唯有這件事有了「代溝」，結果一邊燙一邊爭執，我要越短越好，媽媽要越長越好，最後理髮師採取中庸之道。可惜，半爆不爆，我只好稱之為「鬈毛獅子狗頭」。妹妹和恩美一聽我燙了個「半爆炸頭」，全「嘩」的一聲叫起來，羨慕得眼睛都綠了，無奈她倆一個在學校上班，一個在醫院上班，沒這分勇氣「標新立異」，弟弟還埋怨媽媽不夠開放：「妳就讓人家爆炸一下有什麼關係？」氣得媽媽罵我們是一群瘋子。我想每個人都多少有那麼一點瘋狂因子，不定什麼時候就想「爆炸」，就想反叛一下什麼。

其實，邊頭在我根本不在乎好看，只不過好玩罷了。每次看到別人被我「嶄新的面目」嚇了一跳的樣子，就忍不住哈哈大笑，有種惡作劇似的快感。我實在不是個很正經的人，常有一腦子亂七八糟的歪點子。有一次住院，對面病床一個星期內去世了三位病人，嚇得沒人敢再住，妳知道我起了什麼樣的惡念嗎？我竟想「夜半無人私語時」偷偷拉亮空床上的緊急紅燈（那時我還勉強可以行動），然後再回到自己的床上裝睡，如果連鬧三個晚上，妳能想像會發生什麼後果嗎？恐怕全醫院都鬨傳鬧鬼了，只是茲事體大，萬一有人給嚇得一命嗚呼！（有些病人可是命若游絲啊！）我這一輩子就休想上天堂了。所以想歸想，可沒敢實施出來，只偶爾在心中暗自得意一番。套一句保羅的話：「立志為『惡』由得了我，只是行出來由不了我。」若不是這場病，若不是上帝的律法在裏面管制著我，還不定做出什麼翻江倒海的事呢！妹就常形容說：「姊呀！妳要不生病的話，妳會造反！」真是我的「伯樂」。

婚禮熱熱鬧鬧的結束了，累得人仰馬翻，只想休息。只有小霍昆一個人若有所失。晚上睡覺時，突然悵悵地說：「儷儷姑姑結婚了，以後不能再要她陪我睡覺了。」

一副好像被人遺棄的小可憐樣子，聽得人心都酸了。我一向很少流淚，即使面對一分一、二十年的癡情也可以毫不動心，但就是抵不過一張二、三歲小兒帶淚的小臉，稚言稚語的溫情。

從妹的婚禮倒聯想到現代的新娘大多開朗大方，不像傳統的新娘總給人一種不勝嬌羞的味道，我固然不贊成新娘子忸怩作態，卻也不喜歡過分的活潑。有位朋友曾告訴我，他去參加一處婚禮，只見新娘像花蝴蝶一樣滿場亂飛，嘻嘻哈哈，言下似乎不勝感慨。我也是覺得新娘帶一點淡淡的嬌羞，給人一種默默含情、喜不自勝的韻味，較有「新娘的味道」。不管社會怎樣進步，思想怎樣開放，我仍然欣賞含蓄婉約的美。畢竟，男女是有別的呀！

夢幻農場

我一直夢想有一個小小的農場。

不要像妳的相思農場那樣大，那樣的牛馬成群，那樣的五穀雜糧，樣樣都種，那會把人累死的。妳想天不亮就得餵牲口、擠牛奶、放牧牛羊，就得下田種地，翻土犁田，除草殺蟲，種完了麥子種雜糧，一年四季忙得像陀螺一樣，連喘氣的工夫都沒有，哪裏還有閒情逸致享受田園之樂；生活如果只剩下機械式的操作，就變成一種負擔了。到那時候，恐怕不再是農場主人，而是奴隸了。

而我，只想要一個小小、小小的農場。

三、五甲地就好，幾楹小屋，一彎清溪，搭一架小小的瓜棚，繞一圈爬滿牽牛的矮籬。屋前種些花草菜蔬，屋後種些果樹，全種些我愛吃的芒果、荔枝、葡萄、檸檬等等，種果樹不像種稻那樣費人工，而且還可以包給果商，到了收成的季節，他們會僱人摘取。妳看，又有吃又有賺，真好！

屋側挖一個大大的池塘，種些藕。蓮花可賞，蓮蓬可採，蓮藕可吃，一舉三得。妳吃過剛出水的蓮子嗎？別提有多麼鮮嫩好吃了。何況，吃不完的蓮子可以曬乾，賣不掉的蓮藕可以做藕粉，物盡其用，一點也不會浪費。

另外，再闢一個小池養甲魚（就是鱉嘛），圈一小塊地養鹿，這全是值錢的東西。甲魚拿到台北大餐廳的筵席上，一客要一、兩千元呢！而鹿，除了每年鹿茸可割外，從頭至腳無一處不值錢，連胃裏未消化的草料都是補品（只希望到時候能狠下心殺牠），或是再養些純種的土雞、珠雞、雉雞、烏骨雞什麼的，這年頭有錢人太多了，唯恐錢花不掉，只要標明是真正的純種（風水輪流轉，洋雞已經不吃香了），再

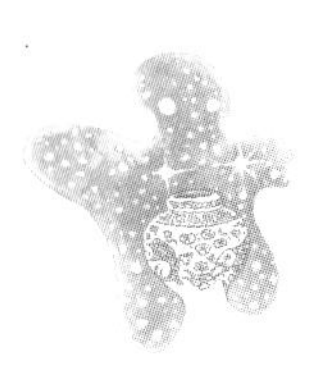

高的價錢，都有人搶。

妳不要笑我這樣的俗不可耐。生活，並不一逕是清風明月的，總還得有依恃的條件，才清高得起來。這也是生計，使我可以自給自足，自得其樂。

妳看，我設想的多麼週全，計劃的多麼美麗。而妳知道嗎？我幾乎擁有了這樣一個農場。

就在今年春節過後，一位老鄉因為急用，急著要將他台中附近的一個小農場脫手。五甲地大，只要卅四萬，一家人都心動了，弟弟還特別跑去看了一趟，我們已經準備籌錢，準備買下了，但是開了幾次家庭會議，討論又討論，一則顧慮我的身體狀況，看病不易，再則爸爸不耐寂寞，丟不下他目前的工作，考慮再三，最後還是放棄了。

那一陣子，我惋惜的心都痛了。

隨後我想通了，那個農場本來就不屬於我的，即使我不生病，我也不可能擁有它。

就像妳，我們的農場永遠只能在夢中實現。因為，我們永遠不可能做一個隱世者，我們愛這個世界，愛這個世界的人，我們做不到遺世獨立，甚至「與世無爭」，我們無法逃避、也無法割捨這分人世間的情和愛，以及數不清的牽絆。

「太平廣記」裏的杜子春，為了要煉丹成仙，忍受了各樣的試煉，克服了喜、怒、懼、憎、欲的難關，最後卻因為忘懷不了一個「愛」字，而功虧一簣。杜子春為他沒能修煉成功而後悔，而耿耿於懷。我可不想成仙，也不想得道，我只想做一個有血有肉，有愛有憎，有苦有樂，有笑有淚，一個平平凡凡的小人物，過我自己想過的日子，做我自己喜歡的工作，愛人也為人所愛，這就夠了。

春天走過，還有夏，今日走過，還有明日。生命不同的歷程總有它不同的風光，不同的美。我極喜愛原子科學家孫觀漢伯伯說的一句話：「有心的地方就有愛，有愛的地方就有美。」且讓我們祈禱、願神保守我們有一顆永遠不會對生活失去信心，對生命失去熱愛，以及不因任何事故而對世界逐漸冷淡的心。

——原載《新生副刊》

山水為懷

就在這個夏天，我將要失去我的晚霞，我看了整整六年的晚霞。

在臺北松山區一住十七年，頭頂是飛機航道，巷口是電影院，加上附近工廠圍繞，真可以說得上飛機聲與汽車聲齊響，灰塵共煤煙一色。大弟在挪威住了兩年，據他說，中崙夜市的熱鬧，人潮滾滾，連奧斯陸都為之遜色呢！

及至搬到山上，青山環翠，綠水長波，視野大開，心胸大展。我的臥室（說是臥室，其實是我全部起居活動的地方），有兩扇大玻璃窗。一面向北，北窗下臨一條小溪，溪水終年琤琮不絕。這也是花園新城的水源，每年盛暑，臺北市民為水荒鬧得人仰馬翻時，我們仍能享受到清冽甘甜的山泉。小溪的名字之所以叫蘭溪，是聽說以前兩岸開滿蘭花，後來為登山的人「趕盡殺絕」，採擷一空。也許蘭花太嬌貴了，本不是人間之物，只有那些野薑花，臨水而生，香聞十里。

小溪的對岸是一座屏風也似的青山，山腰開墾出一片梯田，田中一間三合院式的小茅屋，屋前有木瓜和美人蕉，屋側是瓜棚豆架，山坡下還有幾十株蓮霧樹。我每日坐在書桌前，看他們日出而作，日入而息，一年兩季的稻作，插秧的忙碌，收割的歡欣，還有黎明的雞啼，向晚的炊煙，一舉一動，歷歷在目。

可惜的是前兩年這戶人家搬走了，搬去哪裏一點也不知，只是從此在我的視野消失了。雖然從未相識，只不過聲息相聞了一千多個日子，彷彿他們已經成為我生活中的一部分，一旦搬離，總也有分難捨之情。

總難忘懷農忙時牛媽媽帶著小牛犢耕田的景象，如今小牛犢怕是早已長大了，或許也做了牛爸爸還是牛媽媽了，只希望牠能找到個好人家，而不是窮途末路進了人們的五臟廟。收割後的夜晚，農家就在田壟旁燒稻草，一蓬蓬火焰在大地寂然的黑夜閃爍跳動，有隱約的人聲，有隱約的笑聲，轉眼之間，火寂人空。

不到一年的時間，田地就廢了，芒草長得比人還高，連小茅屋都快掩沒了。面對這座荒山，除了惋惜，竟有種莫名的難堪。天地有情，人世無常。

另一面大窗子朝西，遠山重疊，含煙擁翠，一到夕陽西下，彩霞滿山，金光萬

道，氣象萬千，極盡變幻之能事。冬天雲霧繚繞，常呈現一片濃淡有致的紫色，美得迷人。只是這一片良辰美景通常只有我一個人獨享，家人不是無暇觀賞，就是不屑觀賞，尤其是小弟，曾駐防金門兩年，見識過海上落日的壯麗，就更不把這山坳裏的一點餘暉放在眼裏了，但對一個足不出戶，生活天地只有巴掌大的人來說，能夠坐擁一山絢爛，已經是太奢侈的享受了。

卻不知哪家建築公司突然在對面山頭平地蓋房子，硬生生剷去一片青山，露出大塊大塊光禿禿的黃土，真好像長了癩痢頭似的，美人蒙塵，令人懊惱。

接著，去年屋旁的空地上也打下地樁，要蓋一棟八層大廈，高聳入雲，將我的視野完全遮斷。就這樣，看了六年的晚霞，即將被一堵灰色大怪物所取代，眼看著平地起高樓，一層層灌漿砌牆，彷彿一幅山水立軸一寸寸被蠶食，無奈加上心痛。

幾年前，日本的一群小民聯合告了某大建築公司一狀，理由是對方的一棟建築物把他們的陽光遮住了。有趣的是官司居然勝訴，法院判定這家公司必須賠償一筆款子，做為小民們失去陽光的損失，這就是有名的「陽光賠償案」。

我是否也該要求來個晚霞賠償？怕的是即使官司打贏了，贏的也只是金錢而非風景。其實，山外青山樓外樓，我多少還是可以享受一點自然的野趣，有清風可攬，星辰可閱，而生活在大都會的現代人，又到哪裏索賠他們的陽光，他們的綠地，他們潔淨的天空呢？不僅僅這些，在過去的若干年中，我們不知不覺地失去了碧潭河的香魚、屏東的灰面鷲、阿里山的雲豹和帝雉……還有清澈的溪流，寧靜的湖泊，廣袤的原始林，都永遠不可再得了，又該誰來補償呢？

連帶地，我們也失去了那種恬然自得的心境，立足天地的胸懷，我們忘了，與天地和諧，其實就是與人和諧，與自己和諧。

現代人的胸襟狹小，彼此傾軋，是否跟生活的空間有限有關呢？

許是珍惜這即將失去的晚霞，我天天坐在窗前，貪婪地欣賞著，希望將這一片錦繡拓在心中，印在腦中，如同二十餘年前那次一樣。

如果我記得不錯，那是民國四十四年的夏季，曾有一次難得一見的日環蝕。美國大科學家愛因斯坦早經測得這次奇景，渴望著能夠觀賞一番，可惜的是只差了幾個月，他便患病去世，臨去前猶念念不忘，遺憾萬分。

而愛因斯坦看不到的奇景，卻被太平洋彼岸一個身患重病，黯然憔悴的小女孩欣賞到了。

當時我們住在北投，就是現在十信商職的旁邊。門前是一條牛車路，路前是一條

灌溉用的水圳，屋後是一望無際的稻田，一直連到淡水，連淡水外海停泊的軍艦都隱約可見。

「淡江夕照」原本就是出了名的勝景，那天日環蝕發生的時刻正好是傍晚，日落大地。我支撐著疼痛不堪的病腿，伏在後院的竹籬笆上靜靜觀賞，看著金盤也似的太陽一點點被侵蝕，終於變成一個渾圓光燦的金環，大地溶浴在金色的光芒中，那樣安靜，那樣神祕，那樣令人震懾而又忍不住在心中輕輕歎息。

在將近一個鐘頭的時間內，我忘了自己的病痛（竟奇蹟似地站了那麼久，甚至忘了搬張椅子坐），忘了剛剛失學的打擊，一個十三歲的小女孩或許不能很確切地體會什麼是美，什麼是感動，但這次經歷卻令我終身難忘。

在以後那些黯淡的歲月中，每當我心情消沉，或是痛苦不堪時，不知為什麼，那一次日環蝕的奇景便不知不覺浮現出來，在我腦海中一再重映。當我逐漸成長，我開始了悟，在我們的生命中，雖然有痛苦有眼淚，有挫折有打擊，但還是有許多美好的事物可以讓我們享受，它們往往就在我們身邊，我們渾然不覺。

曾有一位先天失明的小男孩，天真地問別人風是什麼顏色，旁觀的人哈哈大笑，都說這個小男孩眼睛看不見，怎麼腦子也有問題？對於一個明眼人來說，他當然知道風就是風，哪裏有什麼顏色。但對一個從來沒有見過這個世界的人，所謂的顏色對他可能只是一個名詞，連概念都沒有，又哪裏知道風有沒有顏色。每一想起這個小男孩，我便心中抽痛，如果可能的話，我多麼願意把我的眼睛借他看看，那時候他就知道風是什麼「顏色」了，就再也不會問出這樣一個傻得令人落淚的問題。

想想看，這個世界上還有多少不知風的顏色的孩子？

我們能看，我們何其有幸。

醫院裏有一位病人得了味覺神經麻痺，所有的食物在他口中只有一個味道，那就是沒有味道，只有冷熱及軟硬之分，真正是味同嚼蠟。我一位朋友患有十幾年慢性腎臟炎，由於長期禁絕鹽分，影響到胃液分泌的正常，連帶地也不能吃糖、吃油炸物，至於酸的、苦的、辣的更是碰也不能碰，於是他每日吃的食物便只有白水煮白菜，白水煮肉了。當我們品嚐北平烤鴨、西湖醋溜魚、四川麻婆豆腐、廣東燒賣或是湖州粽子、新竹貢丸、台南擔仔麵時，還有多少人面對佳餚美味只有望之興嘆的分。

當我們聆聽小鳥歌唱、小河淌水、風的呼喚、雨聲瀟瀟；當我們沉浸在貝多芬的快樂頌、巴哈的馬太受難曲、維也納兒童合唱團清純的歌聲，以及卡拉絲那一曲「美好的明天」時，可曾想到無數的失聰者，終其一生只能生活在一個死一樣沉寂的世界

裏。

甚至，當曙光初現，我們來一個「早安，晨跑」，到青年公園綴滿露珠的青青草地上，做做柔軟體操，呼吸一口新鮮空氣，有人竟然連這一點也不可得。有次在醫院中看到一位患有肺部纖維症的病人，她的肺葉有如老化的絲瓜，失去了彈性，每次看到她為了呼吸一口氣而掙扎得面色鐵青、汗流滿面時，我就恨不得幫她好好吸幾口氣，緩和她那種幾近窒息的痛苦。

當我們自由自在念書、工作、上街購物，甚而想小小的放縱一下，打幾圈衛生小麻將，喝幾口老酒，邀三五知己秉燭夜遊。就是海峽的對岸，還有十萬萬和我們源自同一祖宗，黑頭髮黑眼珠黃皮膚的龍的傳人，從生到死，不論何事都要看你的成分，等候上級的批准。

當我們的服裝界從迷你流行到迷嬉，從大褲管到小褲管，從細跟鞋到麵包鞋，也許就在半壁山河的某一角陰影下，正有一位老媽媽拿著一年配給的幾尺布發愁，不知先補襖好，還是先補褲好。

當我們在餐桌上挑肥揀瘦，憂心忡忡地計算著熱量、脂肪、卡路里，擔心著膽固醇、高血壓、心臟病時，又怎麼能夠了解居然有人會那麼渴望吃一口豬油炒飯？

打破的古董

當我們理直氣壯地批評政府不夠民主，公務員不夠便民，抱怨雞蛋貴了、油電漲價了，就在南中國海上、湄公河畔，就在寮國、高棉的叢林及沼澤地裏，有數不清家破人亡、妻離子散、劫後餘生的難民。

我們不是不知道，只是常常忽略了，我們生活得太幸福。我們忘了，並不是所有的人都能擁有我們所擁有的這些。

我們千萬不要說，你看不見，是你命中注定；我們也千萬不要說，你聽不到，是你心不好，老天爺罰你；我們更不要引用什麼「人類的悲劇皆出於人類的愚蠢和無知」之類的話，我們絕對絕對不要這麼說。沒有誰天生就該受苦，沒有誰天生就應享福，沒有誰比誰更尊貴，更配、或是更有資格享有這一切。我們得到，是上天的恩賜，是多少人的付出和努力，我們要珍惜，要感謝。

猶記得台北那一間六蓆斗室，狹小黝暗，除了床鋪、衣櫃和書桌外，只夠迴身之地。唯一的窗戶為後牆所擋，只看得見上方一角天空。陰天必須開燈，下雨地上返潮，牆壁「流汗」。粉牆的泥巴隨著時日一塊塊剝落，我們買不起壁紙，就花花的糊了一牆包裝紙。在那裡，我一住十七年，一個女孩子的青春年華全消磨在其中，但我依然活得很起勁，滿心歡喜。

一位教會的伯伯來看我，半開玩笑地說：「妳生活得好像是井底的一隻青蛙，只看見手掌大的一片天，妳怎麼還快樂得起來？」

我的妹妹在一旁搶著回答說：「因為，上帝就在這一小片天裏！」

是的，上帝就在這一片天裏。甚至，有一天即使這一片天也失去了，我仍然無所畏懼，因為，上帝會在我心裏。

我們生命中有一些極其可貴的特質，除非你放棄，是永遠不會失去，也永遠無人奪走的，比如信心，比如希望，比如愛。

據說國畫大師張大千先生在蓋環蓽盦時，發現所購土地與當初議價時大有出入，原來商人把門前溪流也一併計入。

張岳公勸慰他說：「凡你眼睛看得到的地方，不都是你的嗎？」言下之意，青山綠水，任你遊目騁懷，又何必計較究竟屬於誰的呢？

我們正是需要這樣豁達開闊的胸襟，大而無我的精神。推而廣之，心之所至，愛之所及，何人不能為我父母，何人不能為我兄弟。

我們不爭這寸尺之地，要的是能夠擁抱世界的胸懷。

山水為懷，便不覺天地之狹小；有愛在心，便不察人間之無情。在我們一生中，我們隨時可能失去我們的青山，我們的晚霞，但我們要學習，如何在陰霾密布的時刻，為自己製造一方陽光。

——原載《中央副刊》

三毛錢的童年

朋友結婚了，生了孩子，很快的，孩子長大了，孩子上學了。

每天早上，朋友給孩子一百塊錢，做為他一天的零用。

我一驚。「一百塊呀？」

朋友解釋說：「早上我起不來嘛，所以給他點錢，教他自己買早點吃，誰知道這小鬼貪玩，常常把錢拿去打電動玩具，餓到放學回來才吃飯，我還在考慮，要不要多加他一點……」

這一下，我真的叫了起來：「我的天！我小時候一星期才三毛錢！」我加強語氣：「三毛錢吔！」

記憶裏開始有固定的零用錢是在小學二年級。我八歲，姊姊十歲，大弟二歲。父親每星期給我們一塊錢，我和姊姊一人三毛錢，剩下的全歸弟弟。表面上父親一向偏疼女兒，這件事卻明顯的有「性別歧視」，好在當時的孩子「民主意識」尚未萌芽，換在今日，非鬧「自力救濟」不可。

民國四十年代的物價，一斤上好的蓬萊大米只有一塊多錢，每日菜錢也不過三、五塊錢，饒是這樣，許多家庭仍然捉襟見肘，可見當時生活之清貧，在這種情況下，孩子能夠擁有自己的「私房錢」，已經可列入「開發中國家」啦！

三毛錢，說多不多，說少不少。一毛錢可以買兩顆糖球或兩顆橄欖或兩張尪仔標，兩毛錢可以買一疊勞作用的色紙或是一根枝仔冰棒，香水鉛筆一枝要五毛錢，至於那種上面加了一個塑膠娃娃頭的則要一塊錢，擁有那樣一枝鉛筆是一件足以傲視群倫的大事。

父母沒念過兒童教育，卻頗懂小孩心理。從小，家裏各樣刊物如小學生、小學生畫刊、學友、東方少年，還有遠從香港進口、訂價昂貴的兒童樂園都是長期訂閱，精神糧食從不匱乏。母親又善作各式麵食，經常炸一些麻花、巧果，蒸些糖包子之類的點心，供這些城隍廟裏放出的小鬼填肚子。最有意思的是母親蒸饅頭時總不忘蒸幾個渾圓白嫩的「奶奶」饅頭，小弟小妹捧在手中，又舔又吮，津津有味，憨態可掬。

有一次，母親不知從哪裏得到一種自製巧克力糖的祕方，沒事就土法煉鋼一番，把可可粉放在鍋裏加水加糖加香草片還有七七八八的東西又熬又煉，只可惜沒有模子，做出來的巧克力糖味道形似，只是外形奇形怪狀，不成體統。好在小孩只要有得吃，哪裏管它好看不好看。例外的是我，一直到今天我還在奇怪，為什麼會有人喜歡苦苦的糖，就好像我也不明白為什麼有人喜歡那麼辣的汽水，當時，好像只有一種黑松汽水，我對汽水本身沒興趣，倒是對瓶頸有一顆玻璃珠子，喝的時候必須把珠子用力頂進去才倒得出來的汽水瓶子十分好奇，搞不清楚那顆珠子是怎麼嵌進去的。

那時候，也沒什麼時髦玩具，委託行櫥窗裏的進口洋娃娃、小汽車是只可遠觀不可褻玩的，我們的玩具都是自己做的。母親裁衣服剩下的碎布頭子，剪剪縫縫，填些棉花，畫上眉眼，就是一只土娃娃，一塊木板，底下釘兩個線軸，照樣拉著滿街跑。風箏自己做，細竹篾綁一個交叉十字架，撕一張大楷簿上的棉紙，蠟筆水彩由著自己塗抹，抽象也好，具像也好，只要飛得起來就好。燈籠自己糊，一根竹竿頂端剖開，半個番薯做底，四周糊上玻璃紙，就是一把漂亮的關刀燈。要不然細鐵絲繞幾圈成水桶狀，裏面點上蠟燭，簡單明瞭，再不濟撿只奶粉罐子，四周打上洞，提起來照樣活靈活現。元宵節的晚上，校長集合全校師生，提著自己做的克難燈籠大串連，只見北投山上山下、大街小巷到處燈影幢幢，煞是壯觀。正因為這些玩具都是自己做的，可以一直玩到面目全非，髒得滴出油來還捨不得扔。

春秋兩季遠足，那時沒有冷氣遊覽車可坐，真正是用腳走很遠的路。最常去的地方是陽明山，新北投法藏寺的後頭有一條小路，順著走可以一直走到陽明山，一路上好風好雲，好花盛開，好鳥鳴唱，小孩子樂得跟山野中的小猴子一樣撲打嬉鬧，一張張小臉全走得紅撲撲的。遠一點的地方就要坐火車或搭公路局班車了，平日小孩難得有機會坐車出遠門，這全是令人興奮莫名的事。我們最遠到過淡水海邊看海，到過圓山動物園看大象，也和同學比賽爬過指南宮前幾百磴石階。遠足，媽媽會多給五毛錢在路上零花。

那時候也沒有電動玩具、小鋼珠可玩，最大的娛樂就是看電影和歌仔戲，可這也幾乎不用花錢，眷村有露天電影，小廟廣場有酬神歌仔戲，全是免費的，只勞駕你搬張小板凳跟著人潮去就成了，木屐啪搭啪搭敲打著柏油路面的聲音在回憶裏竟然是一首很美的音樂。

四年級結束的那個暑假，我們的校長不知怎的心血來潮，突然想要討好北投鎮的全體鎮民（當時北投尚是一個鎮），在學校發起「清道夫」運動，把全校師生按地區

劃分二十餘隊，每天清早六點鐘各自在自己的「地盤」集合，由老師帶領，清掃馬路。於是，每天天光初亮，小朋友揉著惺忪睡眼，拿著掃帚，抬著畚箕，在馬路邊「鬼畫符」。有一天，畫著畫著，忽然眼前一亮，居然不知從哪裏畫出一張十元大鈔（當時十元是面額最大的鈔票，可以買好幾斤大白米呢！）拿在手中瞧了半天，沒名沒姓的，也不知誰的，同學紛紛圍過來七嘴八舌，眾目睽睽之下，也無法中飽私囊，更何況小學生都懂得「拾金不昧」的道理，打算繳到附近的憲兵隊去，一位同學很聰明，自告奮勇要代我繳，一向迷糊的我那天腦筋居然靈光起來，一把又搶了回來。繳完之後，正好碰到爸爸抱著小弟出來散步，一聽我有此「義舉」，立刻賞了我兩毛錢，以資獎勵。

事情過去我也就忘了，沒想到隔了一個多星期，朝會時，校長大人突然在司令台上喊我的名字，嚇了我好大一跳，惶惶不安，不知無意間又闖了什麼大禍，膽戰心驚的走上台，才知憲兵隊把那無處發落的十塊錢，乾脆買了一大包獎品送我，校長請我上台，原是為了當眾頒獎表揚。迷迷糊糊回到教室，同學瘋了似的，逼著我拆開獎品，連老師都好奇地在一旁觀看。哇！全是小學生文具，簿子、墊板、蠟筆、鉛筆盒，最讓人興奮的是整整有一打香水鉛筆，平常想死了都捨不得買的寶貝。獎品太多，不好意思獨吞，分了幾份給要好的同學。

第二天，爸爸打開中央日報，赫然有一段北投國小學生拾金不昧的新聞。這是我第一次上報紙。

沒多久，我又發了一次「橫財」。北投復興中學創校招生，老師挑了十位還算伶俐的同學幫忙彌封考卷，就是把右上角的考生號碼密封起來。招生處的人很和氣，買了許多糖果點心招待我們，還有一大桶鳳梨冰，由於媽媽不准小孩隨便在外吃零嘴，我一口也不敢嘗。忙了一個下午，臨走時，竟然又給了我們一人十塊錢，我們原以為老師抓「公差」，多少有點不情不願，沒想到居然還有酬勞，真是出人意料。這十塊錢我給了媽媽，夠她兩天小菜錢。

一個多月後，老師又找了我們這十個人去。敢情第一次招生人數不足，再招第二次生，我們樂得又賺了十塊錢。我仍然是一文不少繳回了「國庫」，當時一心只想到能夠給媽媽賺錢了，又得意又高興，一點也沒想到要點「賞錢」。現在回想，倒忍不住感歎那時候的孩子，怎麼那樣單純，那樣傻。

春天，我們提著小竹籃到野地摘野菜給媽媽烙餅吃。現在的政戰學校當時還是日本人留下來的廢棄跑馬場，一望無際，一直連接到大屯山麓。細雨如綿，遠山如夢，

廣漠的大草原上，兩個穿著毛線短裙的小女孩時蹲時起，低頭尋覓，低低細語在薄霧中輕輕漾開。

不摘野菜的時候，就摘野花，新北投半山坡上到處都是一叢叢、一簇簇的野花野草，叫得出名字和叫不出名字的，常常摘得滿懷滿抱的，下山時總會遇到一些認得或不認得的人跟我們索討，這裏兩枝，那裏三枝，走到家往往一枝也不剩了。

當然，有時候我們也會去摘野果，像是桔子、木瓜、柚子、芭樂、桑葚、不知名的漿果等等。嚴格說來，有些不能算是「野果」，只不過沒人看管而已。我有一條寬寬大大的背帶褲，兩側的大口袋是我的倉庫，常常塞得像大肚婦人一樣蹣跚難行。正因為如此，老北投、新北投、上北投、頂北投，哪一處有花圃，哪一處有果園，什麼地方有好吃好玩的，我全都一清二楚。

天熱最好，可以到小河溝蹚水，打水仗，田裏挖土造窯烤地瓜，樹林裏用蜘蛛網黏知了，每天總要玩到長辮零散、灰頭土臉才肯回家。

要不就是演戲，帶領著鄰近大大小小一幫孩子自編自導，翻譯家施寄青就是當年手下小兵之一。小時候的寄青慧黠可愛，一張小臉上只見水靈靈兩隻大眼睛，只要有她在場，差不多就是當然女主角。有一回，我派她飾演雜貨店老闆娘，她一心一意希望自己心儀的一個男孩扮演老闆，我哪裏知道她的小心眼，偏偏派給她最討厭的一位，她不敢違拗，只好不甘不願、委委屈屈的演下去。

前不久，寄青還在說：「那時候，俠姊天天帶著我們這群小蘿蔔頭瘋，突然之間，俠姊不見了，好像從這個世界消失了！」倒不是消失，而是突然之間一場大病，使我從幕前隱遁到幕後，從歡樂舞台退場。其實，在成長過程中，寄青吃的苦比我更多，心靈受到的創傷比我更重，童年那一段美好歲月成了我們生命中最豐富的珍寶，往日情懷，回憶起來不免又是眼淚又是笑！

在這種情況下，小孩花錢的機會還真是不多，平日頂多買顆糖球或橄欖塞塞嘴巴，三毛錢花去一毛，至少還可以存兩毛。我和姊姊都有一個竹筒做的撲滿，小心翼翼地把錢投到裏面，不過，有時候受不了門外枝仔冰的叫賣聲，也會想盡方法用頭上的髮夾從洞口把鎳幣一枚枚箝出來。所以只見錢不停的投進去，卻不見錢滿出來，其道理就在此。

當時賣枝仔冰的都是窮苦人家的小男孩，光頭赤腳，在烈日下背個小木頭箱子，箱子裏鋪著厚厚的毛巾，一揭開來，一股白煙就冒了上來。還記得怎樣吃枝仔冰嗎？當然捨不得咬著吃，那太浪費了，只能一邊舔一邊吸，等到糖水吸完了，剩下沒味道的冰渣子，才開始一口一口咬下去。新北投火車站附近有家枝仔冰店，店裏上上下下彎彎曲曲盤了許多像大腸小腸一樣滴水結霜的鐵管，大概屬於冷卻器之類的吧！沒事時總忍不住要跑到那裡「觀光」，幻想有一天長大了非開它一家枝仔冰店。

當然，逃學不全然是為看製冰，有一回整整逃了一個月學就是被一家小小織布廠吸引，古老的手工操作，看著梭子在經線中來回穿梭，像變魔術似的一截截圖案就呈現出來。此外，修傘的、磨刀的、補碗的、吹糖葫蘆的、廟口殺蛇的、賣草藥的，都足以讓我駐足，三魂失掉二魂。

最後，父親一頓好打驚碎了我的賣藝人夢，此後上學，每天由姊姊押著小犯人也似的押到教室，看到老師來了，諒我再也無從逃起，她才轉回自己的教室。四十年後再問她，她已經全然不記得這回事。換了今天的我，還會逃學嗎？以我這樣沒長性的人，絕不耐於規規矩矩坐在課堂，一本正經的念書，問題是我要逃到哪裏去，滿街的車子、攤販和人潮，郊外不再是郊外，天不藍，水不清，立足的空間越來越狹隘，這個世界已經不好玩了。

而現在的孩子，早上起床時，父母還在睡覺，晚上放學回來，父母尚未到家，脖子上掛著鑰匙，來去自理，每天守著的就是電視和電動玩具店。父母為了彌補自己的虧欠，只好用大量的物質來滿足孩子，生活中好像樣樣都有，樣樣都不缺，可是孩子活得一點也不快樂！

朋友見我久久不吭氣，不耐的問：「妳倒是說啊！我到底是給太多了，還是太少了？」

看看她口中的「小鬼」，黃皮寡瘦，鬼怪靈精，這是一個沒有童年的兒童。忍不住歎口氣：

「在某一方面來說，太多了；在另一方面來說，太少了！」

也是一番癡情

荷

搬到臺北，第一件想做的事就是養一缸荷。

在滿目皆是灰色——灰色的天空、灰色的房子、灰色的馬路——的空間裏，我需要一點能夠表示生命，而且是美麗的生命的東西。

我喜歡荷。荷是在汙泥中也能生長得很雍容自在，並且有種清平盛世的風采，卻又委婉平和，很中國味道的。

可是臺北市居然買不到缸，有塑膠製的，又覺得養荷在內十分滑稽。問曉風，曉風說她的缸是半路撿來的，我們逛了幾次街，只見滿街的機車攤販，哪裏有缸。

下。

有人說到鄉下去找，或許還有希望，可是一時也不敢肯定什麼樣的地方才叫鄉下。

後來事情忙，也就不了了之。只是每天經過庭院時，總不免望一眼灰色的水泥地，若有一缸荷在該有多好。

有時，就彷彿真的看到有一缸荷養在哪裏。看到新藕抽芽，慢慢荷葉田田，粉荷初綻，直到花落蓮成。我也真的吃起冰鎮蓮子湯來，只不過那是母親從市場買回來的，一斤一百八。

原本陶塑班要裝一座大的電窯，大到足夠燒一口缸。從選購機器、安裝到試車，缸終於燒出來了，才發現夏天早已過完了。

好像人世間的事情總是這樣，想要養荷的時候，沒有缸，等到有了缸，又已經過了養荷的季節。

樹

院子裏的烏桕長得太快了，一隻胳臂竟然伸到鄰家院子，鄰居媽媽抗議。上班前，我特別交代工人鋸短一點，只要不超過警戒線就可以了。

沒想到一下班回來，居然齊肘，傷痕宛然，望著光禿禿一截殘肢，又驚又痛，忍不住叫起來：

「笨哪，鋸樹那有這樣鋸法的？」

「糟糕，糟糕，把劉姊心愛的樹鋸成這樣……」

工人嘻嘻直笑，平日太熟了，也不怕我。問題是即使我發怒，重創的枝子也接不回去，徒呼負負！

以後每坐窗前，就不免望樹一眼，茶杯口大的傷痕歷歷在目，讓人有說不出的懊惱。

過了一個多月，傷口附近忽然長出許多半紅半綠的小嫩芽，一冒出頭就好像等不及夏季結束似的，憋著氣拚命長，幾十支綠色的箭簇四面八方疾射向天空，很快就在那一截殘臂上燃起一球綠色火焰，特別是逆光的時候，每一張透明的葉片中，都彷彿帶著一小撮金綠色的火焰在躍動、在燃燒。

秋天完全老去，所有的葉子也已枯黃萎落，只有它們仍然翠生生挺立在風中雨中，彷佛為了補償它的缺陷，便加倍展現出生命的光華來。

植物的再生能力實在驚人，而它回報給人類的竟然是這樣無私的分享，以及傳自它自己的那一分對生命無盡的喜悅。

石

孩子們參加大山營，順便帶回幾塊花蓮立霧溪的石頭，我見了喜歡，全部據為己有。

張教授見我如此喜愛這些石頭，要將他珍藏多年的一塊奇石送我，說是有山的形狀，有樹有雲的圖紋，十分珍奇。我笑著婉謝：

「不，不，我喜歡的石頭就要像石頭，不必像別的什麼……」

有的人收集石頭，是以它們像什麼為取捨的標準，就好像硬要把樹修剪成各種動物一樣。我喜歡它們本來的面目，石頭就像石頭，樹就像樹，保持它們質樸原始的本性，就是美。

這幾塊石頭真的就和路邊常見的石頭沒有什麼兩樣，有圓有扁，有稜有角，只不過產自立霧溪，比一般石頭晶白一些。

仔細看，石頭上有些細細的紋路，可惜我不懂地質，只是好奇的臆測，想來它們當初也是孕育在大地的母腹，多少次的地殼震動，大山的崩陷，一路隨著急湍狂流奔

騰而下，歷經千山萬水，幾生幾死，方始呈現人世之前。

總不免想到電影裏米開朗基羅用力敲擊著石頭，狂呼「摩西，出來！」那一幕驚心動魄。當我敲擊著這些小石頭時，是否也會有一個什麼樣的小精靈跳出來呢？

我把這些石頭和春天烏桕落下的紅葉同放在一個竹編的缽子裏，它們同樣來自大地的某一部生命，我相信若干萬年前，它們和人類的生命是臍帶相連的。

茶

面對眼前的茶，不知是喜是悲。弟弟說的，最好的雨前香片啊！

那天，怨怪弟弟，怎麼只記得媽媽喜歡喝茶，不記得這個姊姊也愛呢？弟弟被說得不好意思起來，特地風塵僕僕遠從屏東送了過來。

其實，我並沒有固定口味，卻是除了茶也不肯喝別的飲料的怪人。

有時，我也喜歡含一小撮茶葉在口中細細咀嚼，咀嚼那一分苦中帶甘、甘後餘香的滋味。特別是在昏昏欲睡的午後，掙扎著精神工作的時刻，那一小撮茶葉便是提神醒腦的最好靈藥。

在山居的大道口外，有一片山坡地種的都是茶樹，以前不認得，只是每次下山時，總看見那一叢矮樹林綠得特別耀眼。極鮮極亮的新綠，從春天到夏天到秋天到冬天，所有的樹都黯成一片時，它們仍然是這種綠法，在水氣氤氳、天地混沌的冬季極端的鮮翠碧亮，令人精神一振，耳目清爽。

後來才知道它們就是茶樹。這一帶山區原來都是茶園。既知是茶，自然也知曉何以青色常新的原因。它們是沒有時間老的，新芽剛一長出就面臨被採摘的命運，而一次次的採摘也刺激它們不斷的再生，身上帶著永遠不癒的傷口，好讓最清新最原始的生命源源流出，直到枯竭，死而後已。

是不是有的人也注定一生是一株茶樹，每一次受苦是為了激發生命再一次出擊，每一次割捨是為了成就他人口中的芳香，胸中的滋潤？

為了更多的付出，豈不也將「一世榮華，時新獻人」嗎？這傷痕，便也注定生生世世不癒。

天地歲月

獨行

歲月彷彿是一本翻得太快的畫冊，前一頁的光景還來不及仔細打量，便嘩啦一聲掀了過去。

總覺得還沒做什麼事，怎麼時間就過去了。而一轉眼；我四十出頭了。

這真是一個尷尬的年紀。把我自己陷在一個兩代的夾縫裏。我可以和年輕人談理想、談抱負、談人生大道理，便是三天三夜也不疲累，但我依然無法溶進他們色彩鮮明、節奏快速的生活軌跡。

當我對一些今年輕人額頭和眼珠子發亮的話題索然無味時，我便知道我已經不再年輕，我們之間的距離不是年齡和外表可以跨越的。

而同輩的朋友，在她們的丈夫兒女、家務應酬的世界裏，我也同樣占據不到一席之位。她們有她們固定的思想範疇，自成一個團體。

我注定是一名獨行俠，走在我自己的路上。

孤獨，亦無不好。

很小很小的時候，我便感覺自己有如來自另一星際的族類。我不屬於這個世界，這個世界亦不屬於我。

每每在讀書、工作，或是和童伴瘋狂嬉鬧時，突然思想停頓，靈魂出竅，自己便像煙像霧，飄向一個遙不可知的空間。而眼前的人和物一剎那全變得空茫陌生起來。

母親最是惱恨我這樣的恍恍惚惚，七竅中總像是塞住了一竅。

「妳的心呢？又被狗掏去啦？啊？」

我在我自己的世界中沉醉，享受著那一分不可說的自得。

初病時，我一個人住在醫院，父母在伸手不見的千里之外，我獨自面對生和死。

孤獨，便是教導我長大的老師，一步步探向生命不可解的奧祕之處。猶如颱風的中心眼，絕對的寧靜、祥和而美麗。

當然，你必須先承受那一分風雨中的掙扎。你抗拒，你緊張，苦苦跟不可知的力量搏鬥，不由自主的被推擠、輾壓，莫名的恐懼緊緊攫住你，使你窒息、碎裂，你幾乎要絕望、要放棄了，突然之間，一股強大的壓力把你推出母親的產道，一聲驚啼，世界豁然開朗。

新天新地，以及——全然的新生命。

而世人看到的仍是四圍的風雨肆虐，山河變色，我要怎麼樣才能教他們明白我心中的甜蜜和喜悅呢？

霜後

有一天，三毛偷偷問拓蕪：「若你成了劉俠那個樣子，你怎麼辦？」

拓蕪回答得很決絕：「我寧肯死掉，妳乾脆拿毒藥毒死我好了！」

拓蕪也反問三毛：「若妳呢？若妳是劉俠呢？」

三毛回答得更決絕：「你偷偷毒死我，別讓我知道就好。」

他們想聯合毒死我，然後到法院自首。「我們毒死了我們的好朋友劉俠，不是出於恨，實在是因為我們太愛她，不忍她受苦。」

我可愛的朋友啊！你們以為我是受苦，生不如死，不知生命於我是多麼大的珍奇和寶貝。

什麼是痛苦呢？不是肉體和心靈的被割裂，而是你無法把自己從中間釋放出來。打了霜的柿子才甜，因為，唯有苦寒才能將那一分酸澀催化成香精和糖分。四十出頭的我，也是一枚恰恰初熟的柿果，自有我獨特的芳香和甘甜。

天天跟神求的竟然是讓我活到九十歲吧，活到九十歲，至少我還有五十年的歲月可以好好愛，好好活，好好擁抱這個世界。

也從來沒有一刻的生命像此刻這樣圓熟、美滿，恰到好處。

初初得病，醫生把我當成了稀罕病例，隔不到幾天就把我抬到醫院大禮堂示範講學。

我恨死了這種事，我又不是鐵絲籠裏的白老鼠。

可是父親溫言溫語的勸我：「就是要給人研究研究嘛！說不定就能研究出什麼新方法了呀！」

坐在台上，望著黑鴉鴉一片人頭，猶如剃了頭髮的參孫，羞辱、憤怒而無助。

若干年後，我心甘情願地把自己展現在人前，成為一台戲景。

自得

很多朋友都以為我是近幾年才開始寫作的，不知道我十七歲就有文章在《中華文藝》上發表。

早在六十年代，我也寫了許多所謂的意識流小說。有一篇尚且被廣泛討論，一位作家評論我的文章有法國某某大師的風格，我大笑不已，因為那位大師的大名我從來沒聽過。

別忘了，我只有小學畢業，不懂什麼叫風格，我只不過心裏有話想說罷了！一種孤獨者的自白，誤打誤撞闖進了意識流的漩渦。

從不與編輯先生打交道，也從不與文壇來往，我有一個至今不為人知的筆名。我告誡自己，妳只管寫妳的稿，不要張揚，免得別人誤以為妳仗恃自己的殘障出鋒頭。

我也怕，怕別人因為我的殘障降低對我要求的水準。

「不容易啊！這種情形還能寫作，不容易啊！」這樣的話，對我無疑是種致命傷。

後來，小說不寫了，改寫劇本。戲劇真是件迷人的東西，從廣播到電視到舞台，沉迷其中。有一回，製作人到家中送稿費，才霍然發現劉俠「先生」原來是小姐。

慢慢的寫多了，有記者知道，想來採訪我。我堅持不肯，理由是我要做一個「常」人，我不以殘障示人。

這樣的心態恐怕多多少少仍然有些不平衡，這表示我仍然缺乏信心，仍然不敢肯定自己。

我仍然在乎別人對我的看法，因為，我自己在乎，雖然是不自覺的。

我活在我自己的世界裏，自得其樂。

直到有一個人在我身邊死亡。

如果

其實，病了幾乎一輩子（想來勢必還得繼續病下去），不知住了多少次醫院，生死的場面早已習以為常，無動於衷。

我看著他們斷氣，看著醫生舉起手錶宣布死亡時刻，看著他們被蒙上白布，然後，運屍車把他們推了出去。

有時候，我同情他們，有時候，我可憐他們。更多時候卻有如醫生般職業性的漠然。

他們有他們的路，我有我的。我們只是偶爾交會於一點，誰都用不著付出什麼。直到我遇到她。醫院裏一向習慣以床號代替名字，我們管她叫「三十七床」。我「三十八床」，我們是鄰居。

「三十七床」患了一種血液方面的癌症「柯傑金氏症」。起先還是生龍活虎的一個人，一點病象都沒有，漸漸地體力衰竭精神委靡。同住了三個半月，我看著她一步一步走上死亡之路。

而且走得極其淒涼孤苦。

她有家，有丈夫，有兒女，也有足夠的財富，唯一沒有的就是愛。

說真的，我並不喜歡她。脾氣暴躁，喜怒無常，醫院裏上自主任大夫，下至工友，她幾乎架都吵遍了，實在是一個不得人緣的人。

醫院裏伙食不好，有時候看她像棄婦一樣無人聞問，我忍不住把我的小菜分她一點，水果分她一點，甚至把我的藥分給她（不知為什麼，治關節炎的藥也可以治癌症），她的丈夫認為她反正無救了，捨不得再花錢。

她也從來不訴苦，不流淚，對於我的給予，她默默接受，卻客氣地保持距離，維護著她的自尊。

這樣一個剛硬冷傲的人，卻在昏迷中真情流露。不省人事中，她常會突如其來惶急大喊……

「我要找我的俠寶寶，我的俠寶寶！」

誰是她的「俠寶寶」？等到我終於聽出她喊的是誰時，頭上像是被人狠狠敲了一棍子。

她有同衾共枕三十餘年的丈夫，她有血肉相連的兒女，她不喊，為什麼單單喊我？一個只不過共住了三個半月，既不沾親，也不帶故的同房病人。

難道僅僅因為一點點小菜和水果就足以寄託她全部的感情？我實在不知道，暴躁的脾氣原來是為了掩飾她內心極端的恐懼，冷漠的面孔之後又是怎樣一顆寂寞的心啊！

其實，我並沒有真正付出什麼，與其說我關心她，不如說我可憐她，可憐她樣樣都有，樣樣都沒有。

一向最不願意在感情上有什麼瓜葛糾纏的人，沒有必要為一分萍水相逢的人生付

出什麼，特別是在那樣一個生死無常的地方。

然而，那一聲聲昏迷中的呼喚卻也喚醒了我自己，讓我發現我曾經活得多麼狹窄自私。

在她還清醒，還能領受愛與溫暖的時候，如果我多說一句體諒的話語，多投視一個關懷的眼神，也許就不致讓她走得那麼孤單寂寞了。

我可以做到，我沒有做，這是我一個永遠無可彌補的傷痛。

如果我愛，卻只愛我的親人，只關心我的朋友，只喜歡那些討我歡喜的人，那麼，我配懂什麼愛？

從這個時候，我走出了我的暖室，面對苦難世界，苦難眾生。

眾生

出院之後我把自己奉獻給上帝，我的筆，我的生命，不再為自己而寫，不再為自己而活。我是一個沒有講壇的傳道人，天地便是我的講壇。

我開始了解到我永遠不可能是一個「常」人，上天既然注定我是一個特殊的人，必然有祂賦與的特殊任務。

打破的古董

也直到此刻，我才真正是眼中有殘，心中無殘。

我的大弟亦從事社會工作，目前負責屏東的「勝利之家」，那裡有七十幾位小兒麻痺孩子。有一次，他告訴我：

「缺陷是上天留給人類的唯一生路。」

真的是這樣嗎？

如果太陽永不下山，月恆常不變；如果四季常青，天色一味晴好，這個世界將不知如何的枯燥乏味。

如果人生不再有生老病死的悲哀，不再有悲歡離合的痛苦，年年歲歲一成不變，生活永遠無波，一切都將變得平淡無奇。我們就再也分不出什麼是快樂或不快樂，什麼是幸福或不幸福，什麼是滿足或不滿足。

有需要，才有付出；有憐恤，才有同情。我們渴望愛，是因為我們不足；我們懂得愛，是因為我們知道他人的不足。如果這個世界人人都一樣強壯、富足、平安，那麼，我們誰也不需要誰，誰也不用關心誰，我們的感情會逐漸結冰，心硬如石。

我們也永遠不會為我們所擁有、所享受到的一切心懷感恩，因為我們不曾失去，我們也無從期盼，無從獲得。

一位讀者寫信給我。「我有一位體貼的丈夫，三個聽話的孩子，還有一分不錯的工作，可是，我就是不快樂，我怎麼辦？」

面對這樣一封信，我無以回復。快樂是一種經歷，無法教導。

大姪子三歲的時候就懂得心疼這個生病的姑姑，有一回，他定定望了我半天，歎氣說：

「二姑姑，妳好可憐喲！又沒有先生，又沒有小孩！」

我給說得又想哭又想笑，忍不住逗他。「對呀！這麼可憐，怎麼辦呢！」

他毫不猶豫地說：「那我做妳的小孩好了！」

可惡的大人仍要繼續逗他。「做我的小孩就不能跟爸爸媽媽回埔里咯！」

小人兒難住了，想了半天，想出一個兩全其美的辦法。「那這樣好了，我回埔里就做我媽媽的小孩，我來臺北就做妳的小孩！」

怎樣勇敢的一種承諾啊！倒教人不由不格外憐惜他來，難得小小年紀就有這樣一分體恤的心。

二姪子也同樣情感充沛，前不久回家，看見我仍然坐在我的老位置上，從他出生到今日，一如化石般被釘死不動，脫口問我：

「二姑姑，妳每天坐在這裏，妳不煩惱嗎？」

小小人兒何曾懂得什麼叫做煩惱。然而，我要怎麼告訴他，我的心橫跨天地，來去如風，沒有什麼可以阻攔的。這樣的話只怕有的人活了一輩子都未必明白。

人生一世，我們不祈求苦難，也不歌頌眼淚，我們只是從中學習一點功課，好教我們的心更溫柔可親。

且把缺憾還諸天地，有愛，便能包容一切。

過年時，我給自己寫了副春聯，無門可以張貼，擱在心中，也算是今日的我一種心境寫真。

天地無限廣，
歲月不愁長。

——原載《中國時報》人間副刊

大隱者言

日子

搬下山三個月了。

朋友常常找不到我，山上的電話無人接，山下的我又多不在家。在家的時候，又往往把電話關起來，為的是給自己一段安靜的空檔。

朋友好不容易逮到我，氣急敗壞的問：「跑哪去了，到處找不到人影！」

我忍不住笑起來，忍不住調侃著，豈不知古人早就說過了嗎?大隱隱於市呀！二百四十萬人的大都會，每日上班下班，只看見低頭疾走的行者，只看見橫衝直闖的大小車子，滿街的人聲車聲，想不被淹沒都不可能。

打破的古董

山居的日子是寧靜的，人也是親和的。不管認識或不認識的見了面總會打聲招呼，笑一笑。

臨搬家前兩日，送信的老趙和老周竟然寫了封信向我道謝。謝謝過去十年來他們有這樣的機會為我服務……。拿著這樣的一封信，愣愣許久。應該道謝的不是我嗎？怎麼反過來了呢？

我的信件一向最多，每天正午總看見他們揹著大郵包在山坡道上挨家挨戶的送。有時我也會託他們帶一些東西給鄰居，和氣的臉上一逕笑著，沒有一絲一毫的不耐。

老趙六十幾歲了，沒家沒業，可是很難看到他什麼時候是不唱著歌、吹著口哨走路的。

忍不住攔下他問：「老趙，什麼事這麼高興啊？」

他笑一笑，揮揮手，抛下一句：「人生嘛！就是這個樣子！」

人生就是這個樣子！所以，山下的日子，每當遇到一些粗魯無禮、傲慢自大的人，或是一張冷漠如石頭一樣的面孔時，我也心平氣和了。知道他們沒有清風可攬，星辰可閱，知道他們沒有一座山林可以讓他們開放他們的胸襟，開放他們的心！

所以，不要責怪現代人利慾薰心，不要怪他們爾虞我詐，彼此傾軋，他們的世界太小。

門外喧囂的市聲依舊，我安於我的一方斗室。

人在紅塵，心在青山。

樹

回到台北的舊居，發現小小的庭院少了一棵樹，又多出另外一棵。

原來院子的右側有一棵榕樹，姊姊出國那年種的。剛開始不過拇指粗細，榕樹長得快，不到幾年功夫，樹蔭已經可以遮蓋半個院子了，正好擋住西落的太陽。

榕樹很愛落葉子，掃院子幾乎是我的專利，雖然後來走路已經相當艱難，仍然扶著掃帚當枴杖，走一步掃一步，掃得乾乾淨淨。偏偏我掃得勤，它也落得勤，每每早上掃了，下午還得再掃一遍。

榕樹的子子多，氣根也多，感覺上實在是一棵不怎麼「清潔」的樹。但是，就好像一位老家人，住久了，已經習慣於他的邋遢。

其實，也沒有人要求我去掃院子，只是我喜歡。我喜歡每天有一點時間去接觸泥土，接觸陽光，接觸可以發芽可以生長的東西。

這次再搬回來，榕樹不見了，父親說以前的房客砍了。想來他們是不耐於每天這樣掃院子的，所以砍了，也不管樹是怎樣在四面皆牆、僅有三尺見方的泥土上掙扎長大的。可是，院子的左側卻冒出了一棵大樹，一棵我不認識的樹。不知道房客是什麼時候種的，不懂的是喜歡種樹的人怎麼會同時喜歡砍樹。

冬天下山看老房子時，一眼就看見這棵樹，光禿禿的枝椏伸過屋頂，一時也弄不清到底是什麼樹。

春天的時候，樹開始發芽，猶如嬰兒手掌心大小的葉片很快就在天空撐起一把傘。讓人不解的是它一邊發芽長葉，而原先長出的葉子又急遽的由黃變紅，紛紛落下。樹葉不是都要經過一個春季的滋長，一個夏季的鬱發，直到秋天冷空氣來臨才會變黃變紅嗎？怎麼這棵樹卻是將生長的程序濃縮在一起，在春天的季節同時的展現了秋天的顏色。

學園藝的朋友告訴我，它的名字叫烏桕。奇特的名字，就跟它奇特的個性一樣。有些葉子簡直比楓葉還要紅，還要鮮濃，偏偏在葉柄和葉心處保留了一小絲黃綠。一陣風過，這樣的葉子就飄然而降，在長滿青苔微濕的地上特別醒目。

這些天，常常為要不要掃院子和父親爭執。父親說，葉子不掃水溝堵住了怎麼辦？可是，這樣美麗的葉子怎麼捨得掃去？

我當然也知道水溝堵住了的後果。所以總在掃走之前，和陪伴我的女孩趕著撿拾那些紅得最深最美的葉子。這個春天，很多朋友都意外的得到幾片像心一樣形狀也像心一樣顏色的葉子。

我很高興在塵世繁瑣忙碌的生活中仍能擁有一棵樹，以及——享受樹的美麗的閒情。

陶和其他

喜歡泥土。

喜歡泥土在手中那分柔滑細膩的感覺，以及它無限的可塑性。一雙手便是這樣玩壞的。

有一年，醫院的復健科便有一項是教病人做陶的。每天就消磨在那一團泥裏。而我的手是極不適合長期接觸濕冷的東西，我不知道，醫生居然也不知道。結果，十隻手指的關節一起發炎，一起扭曲變形。倒也沒什麼怨悔，只是惋惜從此與泥土隔了緣。

不知道算不算一種補償心理，今年特別給孩子們開了一班陶塑。電腦班是大禹治水，三過其門而不入，陶塑教室卻是三天兩頭不請自入。

一袋袋泥土，經過篩，經過練，經過攪拌，在每一雙手中或揉或搓或捏或塑，逐漸成形，你簡直可以看見有生命在其中，有神創造的奧妙在其中。

第一次燒窯，我們就像產房門外的親屬，等候呱呱墜地的那一刻，帶著期盼，帶著焦灼，帶著悲喜莫名的忐忑。謎底揭曉的剎那，有歡呼，有輕歎，有想落淚的激動。

雖然，初初做出來的東西，造形不是很均稱，釉彩不是很勻和，手拉坯的外形仍然十分粗糙，卻保留了一分原始的自然和樸拙。我喜歡單純，單純的人和事，越單純越貼近生命的本質。

選了一樣喜愛的作品轉贈友人，他訝異的問：「妳自己不是喜歡嗎？怎麼送人呢？」

輪到我訝異了。「難道我們不是因為喜歡才送人嗎？自己都不喜歡如何稱之為送呢？」

我只知道，在一遞一納之間，自應含有一番莊重、敬虔和誠心正意在。

我是個沒什麼物慾的人，任何好東西我也只有欣賞的興趣，沒有佔據的心。山上家中的書架有一個大抽屜，專門用來擺放朋友的禮物，而這些禮物又隨時轉送到其他朋友手中。我看重的不是器物的本身，而是送者的心意。

所以，也常常半真半假的告訴朋友，若是發現你的禮物突然不見了，千萬不必介意啊！因為有人比我更喜歡，但我已經把其中最珍貴的一部分留了下來。

我喜歡朋友喜歡，朋友的喜歡便是我的歡喜。

其實，世上任何好與不好，珍奇或不珍奇的東西有什麼是真正屬於我們，可以讓我們永遠保有的呢？

我們不都是一個「過手者」嗎？只不過遞送之間的久暫而已。

而千年如一日，一生猶如一瞬。

這樣一想，人世間便還有什麼是需要計較，需要打破頭爭取的呢？

朋友和其他

朋友即將遠行。

暮春時刻，又約了幾位朋友在家小聚。都是極熟的朋友，卻是終年難得一見，有時是他們找不到我，有時是我找不到他們，偶爾電話裏相遇，也無非是幾句尋常話。一鍋小米稀飯，一碟大頭菜，一盤自家醃製的泡菜，一隻巷口買回來的烤鴨，簡簡單單，不像請客，倒像家人團聚。

其實，友情也好，愛情也好，久而久之都會轉化成親情。

說也奇怪，和新朋友我會談文學，談哲學，談人生大道理等等，和老朋友卻只話家常，柴米油鹽，細細碎碎，種種瑣事。很多時候，心靈的契合已經不需要太多的言語來表達。

朋友新燙了個米粉頭，不敢回家見母親，恐怕驚駭了老人家。卻歡喜的來見我們，老朋友們頗能以一種趣味性的眼光欣賞她的改變。

年少的時候，我們差不多都在為別人而活，為苦口婆心的父母活，為循循善誘的師長活，為許多觀念、許多傳統的約束力而活。年歲漸長，外在的限制束縛漸漸掙脫，開始懂得為自己活，照自己的方式做一些自己喜歡的事，不在乎別人的批評意見，不在乎別人的詆毀流言，只在乎那一分從心所欲的舒坦自然。偶爾，也能夠縱容自己放浪一下，並且有種惡作劇的竊喜。

也越來越覺得，人生一世，無非是盡心。對自己盡心，對所愛的人盡心，對生活的這塊土地盡心。既然盡心了，便無所謂得失，無所謂成敗榮辱。很多事情便捨得下，放得開，不單單是名利權勢，也包括了金錢與感情的糾葛，人世的是非恩怨。懂得捨，懂得放，自然春風和煦，月明風輕。

就讓生命順其自然，水到渠成吧！猶如窗前的烏桕，自生自落之間，自有一分圓融豐滿的喜悅。

春雨輕輕落著，沒有詩，沒有酒，有的只是一分相知相屬的自在自得。

夜色在笑語中漸漸沉落，朋友起身告辭，沒有挽留，沒有送別，甚至也沒有問歸期。

已經過了大喜大悲的歲月，已經過了傷感流淚的年華，聚散原是這樣的自然也順理成章，知道這點，便知道珍惜每一次相聚的溫馨，離別便也歡喜。

——原載《中國時報》人間副刊

人間世

新婦

帶一點扮家家酒的好玩心情，我們興致勃勃屋前屋後，每一扇門每一扇窗每一面空白可以張貼的牆壁，全貼滿大大小小的紅色雙喜，一霎時，紅色的浮光中，升騰起一股熱熱暖暖的喜氣。

朋友上門，免不了又是驚訝又是疑惑。「你們家要辦喜事？是——？」

我們家總共兩口人，管家和我。管家已婚，當然不會是她，那麼就剩下一個我了。劣根性甚重的人，忍不住促狹一番：「我要結婚了呀！怎麼，不恭喜一下？」

沒有恭喜，反倒疑雲密布。「真的假的？不會吧？沒聽說嘛！」

「該死，認定我這一輩子嫁不出去呀！」說的也是，怎麼看都不像紅鸞星高照。玩笑開夠了，揭開謎底，原來，是我的祕書要結婚。

祕書跟了我兩年，極優秀的青年。工作上，他是我的得力助手，私下卻相處如一家人，他的未婚妻在臺北上班，娘家遠在斗六。

按照本省人的習俗，新娘必須在午前過門，祭拜祖先，下午才舉行公開儀式，宴請賓客。新娘臺北沒有什麼親人，又不願從公司宿舍出嫁，祕書找我商量，可否暫將我家權充她的娘家。

我沒有福氣做母親，上天卻平空掉下一個女兒給我，好讓我嘗嘗嫁女兒的滋味，實在出人意表。

吉日當天，我們一早先把屋前屋後打掃清爽，又忙著在門楣紮上紅綢，大門口以竹竿撐起長鞭炮，擺好大盤小盤喜糖，招待賓客，打發小孩。一切準備就緒，十點多鐘，新娘預先在美容院做好頭髮、化好妝，由伴娘和幾位同事陪著一起先到，在我們為她準備好的「閨房」裏換穿禮服。十一點多，娘家父母和一大群親戚浩浩蕩蕩坐著遊覽車遠從斗六趕到，我的小屋立刻人聲沸騰，熱鬧非凡。

忙亂中，忽然不知誰在問：「扇子呢?扇子準備好了沒有?」

接著，有人匆匆忙忙跑來問我：「你們家有沒有扇子？沒有用過的！」

解釋了半天，才弄清楚他要的是夏天搧風用的扇子，可是隆冬臘月，要扇子做什麼呢？再說現代人多用冷氣電風扇，此物早已落伍過時。

「一定要扇子的，沒有不行啊！」

一位親戚急急忙忙衝出去購買。到底要扇子做什麼用，而且是非要不可，我也想不出個所以然。

緊接著，新郎坐著禮車過來迎娶了，新娘也已打扮妥當，一身白紗款款走出「閨房」，可是不行啊！扇子還沒買回來，不能上車，而男方算好時辰，等著新媳婦過門，上香祭祖，早一刻晚一刻都會誤了吉時，一屋子的人如熱鍋上的螞蟻，情緒隨著時間分分秒秒的過去而波動起伏，男方親戚和女方親戚開始彼此埋怨爭執。

我也緊張了，附近的小店雖多，到底是冬天，萬一買不到扇子該怎麼辦呢？這是一個大喜的日子啊！

就在那種令人焦灼、幾乎要爆炸的等待中，買扇子的人滿頭大汗的回來了，大家不約而同往他手中看去，不約而同舒了一口大氣，露出了笑臉。簇擁著新郎新娘就要準備上車，我忽然想到一件大事，連忙叫住：

「等一下，要先向父母磕頭辭別啊！」

管家機警的找出一床大紅被面鋪在地上，父母迎到上位，新郎攙扶著新娘盈盈跪下。一剎那，所有的喧鬧爭執都停止了，所有好玩、看熱鬧的心情也都收起來了，天地之間只剩下一對新人向著上首的父母深深叩謝。是的，要謝的，謝謝父母二十年的生養之恩，無償的付出，不求回報的犧牲，多少勞心傷神，多少淚眼心碎，又豈是這一刻謝得了的？

做母親的眼圈紅了。這心頭之愛，掌上之珠，百般呵護的嬌嬌女，就此交給你這個不相干的外人，你要怎樣善待人家的女兒啊！

門口的鞭炮已經響起來，新人雙雙坐進禮車，突然，新娘從窗口扔出扇子，「啪」的打在地上，隱忍已久的母親「哇」的一聲哭了出來，我終於明白了。

原來，扇就是散。在嫁做新婦的那一刻也就表示從此和娘家一散百了，再也不要牽纏不捨啊！然而，散得掉的是有形的分離，那一分血肉相連的親情豈又是散得掉嗎？何以在這樣的大喜之中也有如此絕情的一面？

莫非人間世本是如此，悲苦交匯，福禍相連，無所謂幸或不幸，不過都是過程。一段路走完了，另一段剛剛開始，仍然帶著歡笑和眼淚。

掙扎

「劉姊，我怎麼辦，怎麼辦呀？」

小鄭一進門，就撲在我的病床邊放聲大哭，我順手扯出一張面紙給她擦臉。「怎麼回事？慢慢說！」

「這一次我真的不要活了，他又趕我出來，把我所有的衣服都扔在外面，不准我回家，也不准我看孩子！」

望著她一臉的蒼黃憔悴，紅腫的雙眼，想來早已哭過一陣了。其實，小鄭所有的問題不過就是一個家庭的糾紛，說簡單很簡單，一個男人和一個女人之間的愛與恨、情與慾，千百年來同樣的故事不知重複上演多少回，說複雜也複雜，因為這中間還牽扯到不同的家庭背景、禮教觀念以及人性的軟弱、貪婪和自私無情的一面。

小鄭是我上一次住院的護佐，人相當能幹，做起事來手腳伶俐，乾淨爽快，加上一張嘴巴能言善道，醫院上上下下從院長到看護班長，似乎無人不識，無人不知，別的護佐或是病人有什麼困難需要，也常來找她，只見她出去轉一圈或是幾通電話一打，事情就解決了。我戲稱她是「地下院長」。

慢慢處久了，才看到她那一張笑容可掬的面孔之後的心酸眼淚。小鄭結婚早，當初是跟原來的男友鬧翻了，為了賭一口氣而匆匆嫁人，一開始婚姻的基礎就有如建築在沙地上。結婚不到一年，丈夫就在外頭另築新巢，加以她是客家人，婆媳之間語言不通，溝通困難，為了丈夫的不回家，婆婆把所有的怨怒不滿都加在她身上，簡直視她如眼中釘，可以想見她的日子是怎麼過的。這期間，她哭過、鬧過、割腕過、離家出走過，到最後都因為割捨不掉對孩子的牽絆，乖乖回家就範。

幾年前，丈夫生意失敗，怒急攻心，突然中風倒地，她心中倒也竊喜，這下浪子總算可以回頭了吧！盡心盡意照顧丈夫，每天背他去做復健治療，丈夫日漸起色，卻不知又聽了那位江湖術士的信口開河，認為他的背時背運全是因為妻子的命相剋所致，於是老少親戚聯合逼著她簽下離婚協議書，連帶放棄四個孩子的監護權。

這一招果真狠毒，明知她捨不得孩子，孩子便成了丈夫予取予求的法寶，為了孩子龐大的學費、生活費，以及丈夫貪得無厭的需索，她只好日夜連班。照醫院規定，護佐是絕對不准連班的，但小鄭總有她的辦法逃過護理站的眼目，長年累月的不見陽光，只有靠化妝品掩飾臉色的蒼白貧血。

「乾脆到法院打官司，把孩子的監護權爭過來好了！」晚上，護佐三三兩兩在我病房聊天時，我們就這麼建議她。

「不行啊！打官司要錢，而且孩子也會受到傷害……」她悻悻然的說：「再說，萬一這一鬧，他的病又發作，倒楣的還是我，他們家沒有一個人會管他的……」

「那妳就不要管小孩好啦！去過妳自己的日子，兒孫自有兒孫福……」說這話的人不問可知沒做過母親。

「那正中他的意，他早就吵著要小孩休學，做工養他……」對小鄭而言，親情已經成了足以使她致命的武器，她不能、不肯也不忍為自己設防。

實在想不開的時候，就臨時找人代班，跑出去喝個爛醉，發洩一下，不過她調適得也快，第二天看到她照樣是光光鮮鮮、嘻嘻哈哈一個人。

「怪來怪去，只怪當時年輕不懂事，為了賭氣給男朋友看，你不要我，照樣有人要，結果……」

結果就要用一生的歲月來償還？問題是誰能未卜先知？誰能一眼看透前世來生？我們不都是在層層錯誤中一邊抹淚一邊找路？

倒是有的護佐也在背後議論她，說她的先生其實沒有那麼壞，說那次生意失敗其實是她捅的樓子，說她交友複雜，她先生當然不高興……那麼，是不是多少也摻雜了

對丈夫的歉疚而甘心受縛？還是人的天性裏本來就有若干自虐與虐人的成分，所以才有這麼多糾纏不清的愛恨恩怨？我不是社會學家，不是心理學家，也不是行為科學家，無從判斷，也無從解析，所能給她的也只有幾句不著邊際的安慰罷了！

「再熬幾年吧！熬到小孩都畢業了就好了！」

小孩畢業，一切的問題，一切的情結都能解決解開嗎？無人知道。不過，有一個前景期盼著，路就容易走一點。

我們，不都是這樣一步步熬過來的嗎？

終站

「楚楚的父親死了！」

母親從教會回來告訴我。我正在看報紙，隨口應答著：「死了也好，這幾年可把楚楚拖苦了！」

話才說完，不免為語氣中不帶一絲情感的冷漠吃驚。一個生命剛剛結束他人生的旅程，告別這個他愛過恨過怨過怒過留戀過的人間，而我卻下了這樣一個斷語。

其實，不只是我，幾乎所有認識楚楚和她父親的人差不多都這樣想。楚楚的父親有高血壓，幾年前中風，半身不遂，不過行動還算方便。難就難在說他是好人，又確實有病，說他是病人，卻又是能吃能喝能罵人，就那樣不好不壞的拖著，把所有人的耐性都磨完了。

他的身世，他的背景，他的家庭狀況外人十分模糊，只約略知道他和妻子分居，兩個兒子形同陌路，唯有這個小女兒可以依靠。

朋友來看他，他會罵，罵世界、罵國家、罵社會、罵世態炎涼、人情淡薄……朋友不來看他，他更是要罵，朋友便漸漸都疏遠了。到最後，他把自己弄得像隻刺蝟似的，跟整個世界對敵。

不是不知道他病中寂寞，不是不知道他心中鬱悶，可是，在這個世界，每個人都是過路的，在為衣食生活疲於奔命中，誰也沒有時間，沒有心情停下來聽他喋喋不休的怨言，每個人都揹負著自己也無法承荷的重擔時，又有誰有能力為他人分擔呢？於是，女兒就成了他唯一的出口。

女兒從事服裝設計，所有的收入仍然不敷開銷，三十好幾了，也依然雲英未嫁，瘦削薄弱的肩膀要傾全力支撐父親那個崩潰破碎的世界，也只能勉強維持一個相當狼狽的局面。

父女兩個都煎熬著，直到死亡自然而然結束了這場艱苦的戰爭。早上起來感覺不舒服，立刻送到醫院，不久就過去了。我們都說，既然活得那麼痛苦，早一點走，對他自己對女兒未嘗不是福氣。

如果死亡成為一種解脫，是不是表示了人間世的殘酷無情，因為那些愛恨，那些恩怨，那些錯綜複雜、牽纏不清的是是非非既然無法解決，無從解決，就乾脆生死一刀斬斷，所有人欠我我欠人的債務就此一筆勾消，似乎這是最後的辦法，連反悔的餘地都沒有。而生命的本身反而變得不重要了，這才是真正令人傷痛的地方。

「活著的人，知道必死，死了的人，毫無所知，也不再得賞賜，他們的名無人紀念。他們的愛，他們的恨，他們的嫉妒，早都消滅了，在日光之下所行的一切事，他們永不再有分了。」這是智者所羅門王說的。

選擇

從屏東回來，正好小孩開學，弟弟要我順路帶他兩個兒子去台中住校。

一路上小孩和我嘰嘰咕咕東拉西扯，我早上五點不到就醒了，此刻正瞌睡得緊，瞇著眼有一搭沒一搭的應著。忽然聽到小孩冒了一句：

「姑姑，我問妳一個問題好不好？」

「什麼？」我漫應著。

「妳比較喜歡活還是比較喜歡死？」

我一驚，坐直了身子看他，他一本正經，鄭重其事。才剛上小學一年級，怎麼會想到這種問題。反問他：

「你呢？」

「我不知道。」小腦袋搖了搖，可是並沒有放棄剛剛的問題：「姑姑，妳說嘛！妳到底比較喜歡活還是比較喜歡死？」

這一次，姑姑認真的想了一下。「嗯——我還是比較喜歡活！」

「為什麼？」

我摸摸他透紅的小臉蛋。「因為姑姑愛你呀！姑姑也愛爺爺奶奶、爸爸媽媽，姑姑愛很多人，捨不得離開你們呀！」

「那如果我們統統都死掉了呢？」小人兒一點不死心。

姑姑開始沉吟起來。活著，不就是因為有種力量在支持著，有種希望在期盼著嗎？如果所有的愛都消失了，還有勇氣活下去嗎？反過來說，若是單單只有愛，然而

環境艱困，世途坎坷，也能奮勇前行嗎？

是因為人活著，所以才滋生愛，還是因為愛，人才有活著的需要？人死了，他的愛也會跟著結束嗎？

愛會持續不變，還是也會磨損？所有的愛都能讓人快樂嗎？是不是有的愛也會令人窒息痛苦？

有沒有什麼是可以替代愛，而同樣可以讓一個人活得很好，或是活得下去的？

生死之間難道一定要做一個判斷和選擇嗎？小時候看電影，只要分出好人和壞人就夠了，彷彿人生所有的問題只要用這樣簡單的二分法就可以解決。可是，走過人間世，才知道世上很多事情不是你喜歡就可以要，不喜歡就可以捨棄不要的，這中間又包含了多少的掙扎和無奈，而愛，是否就是這無奈中唯一的一點亮光呢？

如果答案肯定，那麼，生死就一點都不重要了。

花月正春風

桃花的故事

一定是那天小餐館的燈光色調特別柔和，要不然就是那天來的客人我都不熟，只好靜默一旁，故作「文靜嫻雅」狀。事後，曉風逢人宣揚：

「杏林子漂亮得不得了！」

是不是真的漂亮得不得了，杏林子自己不敢誇口，又不願謙虛，只不過透過文學家的渲染描述，杏林子十分的虛榮是絕對可以肯定的。

之所以故，杏林子決定這個春天，送自己一株桃花。

如果覺得這個理由有點牽強，那麼，我還有一個很好的理由，那就是杏林子最近

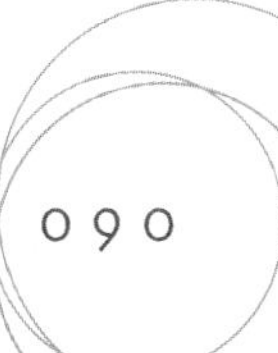

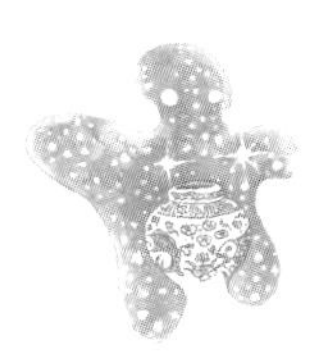

身體不太好。

不太好的原因可能是太累，自從開始社會福利工作之後，才真正體會到「人在江湖，身不由己」的滋味。小老百姓的機構一個人往往得抵好幾個人用，忙起來昏天黑地，人仰馬翻，體力長期透支。也可能是心情煩躁，多少時候，滿腦子欲寫的衝動卻因為工作忙碌不得不強制壓下，驟然抽出幾天空檔腦子卻又一片空白，一點文思全無，心裏總好像烤著一塊炭火，散不出的熱就在內心漸漸形成一股低氣壓，不知什麼時候會起風暴。也或者是冬天酒釀吃多了，有人從香港帶了些酒麴來，我們便自己做著吃，自己做的酒釀又甜又香醇，免不了常常吃，而據說，酒釀是發的……其實，所有這些可能的原因也都可能不存在，我的病本來就是出了名的難以捉摸，全世界到現在也沒找出真正的原因。只不過人凡事都喜歡歸納組合一番，以免「事出無因」，總之，我的關節又痛了就是了。

接著新正大年初一傳染感冒，虎年細菌果真是不同凡響，其勢洶洶，好好一個年假就在鼻涕、眼淚和幾乎要將肺臟爆烈的咳嗽中度過。其實，關節疼痛和感冒和桃花都沒什麼關係。

是沒有關係。只不過躺在床上很無奈，很無聊，接下去的發展自己也很清楚，因為無奈便免不了唉聲歎氣，自憐自怨；因為無聊便免不了胡思亂想，走火入魔，於是，不舒適的地方更加不舒適，不愉快的地方更加不愉快……而我給自己的原則是，對命運也好，環境也好，要不就欣然接受，要不就默然忍受，如果兩樣都做不到，就反抗，只是千萬別抱怨。

所以，我就反抗了。找了朋友一起去逛花市，買桃花。

管家大驚。「妳不是生病嗎？」

「沒錯。」

「生病還出去瘋？」

「就是因為生病才要出去。」我振振有辭：「誰規定生病的人一定要躺在床上哀哀呻吟？」

越想越有理。是啊！誰規定生病的人一定要神容枯槁、面色憔悴？誰又規定生病的人一定脾氣暴躁、情緒不穩？既然沒人規定，那麼，我為什麼不能照我自己喜歡的樣子生病？

「而且，天氣這麼好，風這麼暖和，」我忍不住嘻嘻笑起來：「而且……而且春天已經來了呢！」

管家跟了我快兩年，多少已經習慣我的瘋癲，只白了我一眼就回房睡覺。她也感冒，不過，她喜歡做躺在床上的病人。

奇怪的是，花市居然買不到桃花。

有紮成一小束一小束插花用的，而我要的是有根有枝有葉，可以種在泥土裏年年生長、年年開花的那一種。

打扮得像花一樣鮮豔的胖胖老闆娘勸阻我：「臺北市不適合種桃花啦！臺北市太髒、空氣汙染、有酸雨……」

我當然知道臺北市不適合種桃花。桃花只適合種在江南的溪水邊，只適合種在塞北莊前莊後的山坡上；桃花只適合種在無生死憂慮、無戰亂饑荒，甚至也無歲月的世外。臺北是不適合的。

正因為不適合，我才格外想要在臺北種一株桃花。樸月問：「妳為什麼一定要桃花呢？梅花不也很好嗎？梅花是國花啊！」

我知道。可是因為梅花太聖潔、太高貴、太高不可攀，不像桃花這樣民間，這樣鄉土，這樣貼近大地。而我們這種凡夫俗女也只要擁有一株桃花就夠了。

「更何況，詩經裏不就有桃花了嗎？可見桃花是多麼古老多麼中國的花了！」我又找到一項振振有辭的理由。

我當然也記得那兩句詩「桃之夭夭，灼灼其華」，接下去兩句就不用理它了。如果一定要追究春天桃花盛開是一個多麼適宜婚嫁的季節，就未免太傷感情了。而一切傷感情的事都不在我的原則之內。

不知道是不是這些緣故，我竟然被邀請參加一場演講。講題是別人早就為我訂好的「千山明月我獨行」——談如何做一位快樂的單身女郎。

其實，我從來不曾刻意追求快樂或製造快樂，我只是刻意把一切不快樂的事從我身邊避開，如此而已。

所以，日子還是灼灼其華的。

所以，當樸月追問我為什麼一定要種桃花時，我忍不住笑得像桃花一樣粲然：「妳可曾聽說人面梅花相映紅的？」

你看，這不能怪我，一定要怪就怪崔護吧！他不該寫這樣一首桃花的詩，特別是在春天的時候。

這就是關於桃花和我的故事。

不能不出牆的杏

既然要種桃花，順便也想植一株杏花。

理由之一。桃杏原本不分家，有桃當然得有杏。

理由之二。我的故鄉就是杏花的故鄉。不論父親怎麼描述，我都想像不出春到大地，漫山遍野皚白如雪的杏花是怎樣一種驚心動魄的美麗，以至於離家四十年，他仍念念不忘。而我，也只能種一株杏樹，表示我是來自北方一個古老名叫「杏林鎮」的地方。

我對故鄉已經沒什麼印象，我對它的情感甚至不及初抵臺灣時的北投小鎮。也許有一天，看到年年如新的杏花，我會突然懂得父親的鄉愁。

理由之三。我是農曆二月出生，二月的花令就是杏花。雖然我不喜歡二月的花神楊貴妃，不是因為她差一點弄得大唐朝翻天覆地，拱手讓人。那不怪她，怪只怪唐明皇老而昏庸，楊貴妃唯一的錯誤是不該生得太美麗，尤其是不該不小心讓她公公看到。

所以，杏花也只能生長在尋常百姓家，移到皇宮大苑就要闖禍的。

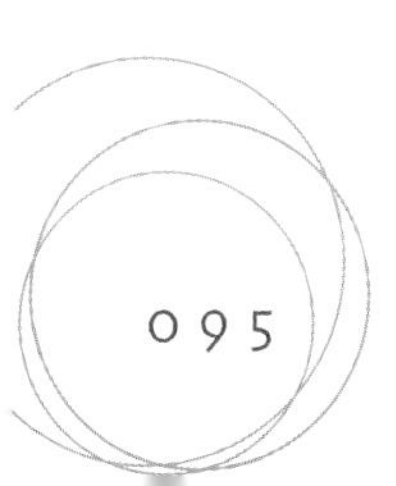

打破的古董

種一株杏花，算是送給自己的生日禮物吧！一向對自己要求得太過嚴苛，難得這樣浪漫一下的。

花市不賣桃花，卻有杏花出售，十分意外。只是望著豔紅一如櫻花的顏色，不免疑惑，下意識裏一直認定杏花是純白的，怎麼可能有紅色的呢？

「沒有錯，這就是杏花啦！」花市老闆一再強調。

猛然想起一句成語「紅杏出牆」，敢情鬧得許多夫妻失和、家起勃谿的就是它呀！倒要仔細瞧它兩眼。紅杏自然有它的風流，只不過……

朋友嘻嘻哈哈打趣我：「紅杏出牆有什麼關係，杏林子不要出牆就好了！」

紅杏出不出牆一時倒管不到它，問題是我想出牆呀！這話說得語焉不詳，十分曖昧。

家住山上時，視野遼廣，天為屏，地為障，何需門牆，及至搬到臺北，不僅人與人之間防衛森嚴，便是大街小巷也全是一堵堵六尺以上灰色高牆，高牆之內尚有鐵門鐵窗鐵欄柵，每一戶都是一座獨立的城堡，各自在自己的世界裏哭笑，或者生死。

雖然我比大多數臺北市人幸運的是尚有一方小院、一棵烏桕、幾株桂花含笑，然

而，視力最多也只能走上十來步就被左右前方三堵灰牆所阻，天空則被附近的高樓切割得只剩下一點碎布零頭。清早起來，我必須很認真的分辨那一小塊天空到底是晴天還是陰天。

而所有的日子就是不斷從這一扇門走進另一扇門，從這一堵牆鎖進另一堵牆。實在悶不過了，就去燙一個爆炸頭，所有親友皆掩目不敢正視，弟弟形容有如擦鞋墊子，恨不得在上面踩兩腳。燙爆炸頭其實和生活環境狹窄也毫不相干，只不過和居住其間人的心態起伏變化有莫大關聯。這就是為什麼越是人口密集的地方，越是五花八門、千奇百怪的事情多，而女人對這方面尤其敏感。

有時候我們也出門散步。穿過光復南路三十二巷，越過平交道，繞一圈延吉花市，再往前走幾步就是號稱「臺北銀座」的忠孝東路四段。冬天，我們去「吳抄手」吃一碗辣乎乎的熱麵，夏天就吃一客——冰淇淋。

管家每次都忍不住嘀咕：「這麼一小球冰淇淋就要五十塊？」

「妳小聲點，這五十塊裏還包括了忠孝東路四段一坪一萬五的房租、水電、裝潢和稅金，知不知道？」我最近才學到一個名詞「投資報酬率」，所以總不厭其煩的解釋著。「快吃吧！小心妳的五十塊要溶了！」

有時也逛到敦化北路環亞附近，其實，臺北市的大街道小巷道都差不多一個面貌，無非是機車、攤販、神色匆匆或是閒極無聊的人群。而所有的生活空間幾乎都是灰色的，灰色的馬路、灰色的房子、灰色的天空，甚至連人的面孔也似乎是灰撲撲的。

看到小孩在巷子裏玩棒球、在陽台上跳方塊、在電腦的小螢幕前玩「大地尋寶」，就忍不住「訓誡」那些忙著跑三點半或是方城之戲的父母：

「要多帶孩子郊外走走呀！多接觸大地，小孩子的心胸才能寬廣如大地……」做父母的通常是一副很愧疚的樣子。「到哪裏走呢？去陽明山賞花，人比花多，去碧潭釣魚，只見垃圾不見魚……」

所以，你看，不只是紅杏想出牆，我想出牆，恐怕臺北還有太多太多的人也都想出牆，這和春風多不多事一點關係都沒有。

荷的聯想

從搬下來的第一天開始，我就想養一缸荷。

第一年沒有缸。臺北只賣塑膠缸，塑膠是現代文明的產物，為福為禍尚不得而

知。養荷在內，不僅滑稽，而且不倫不類。

第二年陶藝班的老師親手拉了一口缸送我，可是又找不到荷種。有人說直接把蓮子撒下去就行了，又有人說這樣太慢，得找一節藕埋進去，眾說紛紜中，春天一陣風兩陣雨就不見了。

董敏說：「我有迷你荷花，要不要？」

好像變成一種流行趨勢。沒有一望無際可供奔馳的青青草原，於是有了比狗大不了多少的迷你馬；沒有可供守望、供吠影吠聲的莊院，於是有了可以裝在口袋裏的吉娃娃，沒有柳岸流鶯、十里荷塘，自然只好以一方瓷缽替代，然而，瑩白耀眼的日光燈也能替代「半湖明月」嗎？

不知這到底屬於都市人的悲哀還是幸運？

對某些事物，我有著不可解釋的固執。缸就一直空置那裡，提醒我一個關於荷花的夢想。

喜歡荷花的原因一時很難說清楚。喜歡它「華實齊生」、「百節疏通」的平和實在，也為它「恣意橫出」、「亭亭物表」的風華心折。而荷之為君子，該是它出淤泥而不染吧！

打破的古董

然而，我也越來越發現，這個世代的君子，恐怕不只要出淤泥而不染，更要入淤泥而不染吧！

我不知道是我與社會隔絕太久，還是這個社會變遷太快，很多父母教導我的、書本教導我的、上帝教導我的行事為人的準繩，在這個社會竟然不是很能適用。我總以為是就該說是，非就說非，很單純的道理。可是如今偏偏有太多的人說是成非，說非成是，甚至口裏說是的時候，行出來卻是非。

這個社會也多得是被塑造出來的英雄，廉價的愛心。人與人之間充滿虛偽和功利，有時候你很難分辨展現在你面前的笑臉究竟出自真心，還是經過精心的包裝？

很多初入社會的年輕人，要不了幾年，一張清純的臉就被名利薰得五官模糊，猶如一面鏡子一樣擺在眼前。

免不了會有一點小小的憤怒和失望，小小的悲哀和無奈，甚至因為疲倦而厭棄想要逃避。不過，大多時候，我都會用一種很阿Q的方式化解：「有一天我老了，這些都是很好的寫作題材。」

腳步還是不停的向前跨著，每天仍然不可避免的會遇到一些「不可思議」的人和事。「在這彎曲悖謬的時代，做神無瑕疵的兒女。」對我而言，各各他之路仍然充滿

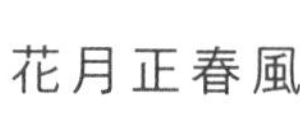

荊棘、挑戰和勇氣。

我想養的又豈只是一缸荷呢?我也在養性情、養風骨、養八方風雨的胸襟器度，以及蓮心那一點雖苦猶不為人知的清涼委婉。

雖然，臺北也不是一個適宜養荷的地方。明呂初泰說：「蓮膚妍，宜涼榭，宜芳塘，宜朱欄，宜碧柳，宜香風噴麝，宜曉露擎珠。」

這些我都沒有，有的不過是「一點芳心只自知」罷了！

荷能愉性，想來它是不會在意的。

臺北人

半坪大花園

清晨打開報紙，整整一個版面的售屋廣告直逼眼前，在它介紹了地點優雅、格局方正、裝潢豪華種種優點之外，最醒目的幾個大字是：「擁有五十坪中庭大花園……」

我再看一眼，沒錯，是五十坪，不是五百坪，更不是五千坪。在這裏，「擁有」的同義字是「分割」——專有名詞叫做「持分」，也就是說上百戶的人家共同擁有這五十坪，每一戶可以分到半坪——大花園。

一花一世界，臺北人還是有福的。

盔甲武士

剛剛下山工作沒有多久的事，有天上班途中，車子在紅燈前停下，我下意識的向窗外張望，這一張望竟大吃一驚，緊貼著我窗外的一位摩托騎士，只見他頭戴特大號安全帽，臉上罩著一具防毒面具，我以為自己有些恍惚，仔細再看，確確實實是一個人，戴著我們從課本上、電視電影上經常看到的那種防毒面具，像一隻食蟻獸。

望一眼麗日晴空下熙熙攘攘的人群，再望一眼這位盔甲武士，有種怪異和滑稽的錯覺，是剛剛爆發了核子大戰，還是臺北的交通和空氣，真的已經嚴重到需要這樣如臨大敵、全副武裝？

我一邊忙著教前座的朋友看，一邊忍不住笑起來，一定是被他聽見了，回過頭狠狠瞪我一眼，本來只敢小聲笑，吃他一瞪，禁忌解除，乾脆敞聲大笑，笑聲中又好像胸口堵塞了什麼似的窒悶難受，卻又一時分不清楚。

零碎的天空

朋友到鄉下玩，臨時被當地小學抓去代一節美術課。他用粉筆在黑板上長長畫了一橫條，然後問：「這是什麼？」

蠢蠢欲動的孩子已按捺不住，爭先恐後的叫著：「海——」

奇怪，他們怎麼會想到海呢？同樣的問題，臺北的孩子只會回答「一條線、一根繩子、一條鐵絲……」再問下去，他們就遲疑的彼此看看，噤口不言。

而鄉下的孩子卻說那是海、海平線。

「海上有什麼呀？」他又問。

「有魚、海豚……」

「還有鳥、海鷗……」

「很多船，帆船、漁船、大油輪……」

「有小島和椰子樹……」

孩子七嘴八舌的嚷著，他飛快的畫著，把孩子的想像變成具體的圖畫，孩子大樂，他也大樂。後來他才知道，那一班的孩子要求他們的導師一個星期不要擦黑板。

這位朋友在臺北也教孩子畫畫，教著就不免歎氣：「你知道嗎？臺北的小孩畫的天空都是一小塊的小塊的……」

「不怪他們，」我安慰他：「臺北的天空本來就被割得零零碎碎，難得看到一片

完整的天……」

他說，臺北的孩子聰明機靈，可是缺乏想像力，他們所有的知識都來自書本和電視，他們的思考力和想像力都被那些死的知識框得死死的。

「真正的教育來自大自然啊！要多帶他們去鄉下看天、看雲、看看小花小草是怎麼長的啊！要不然他們會死的，腦子死了，心也死了……」

所以，他已經決定放棄臺北裝潢公司的工作，帶著孩子搬到花蓮的鄉下去，那兒有山、有海，也有整片的天。

他要給孩子一片豐富快樂的童年，做為他們一生的禮物。只是，這樣的禮物何其奢侈，到底有幾人給得起呢？

野草盆景

搬下山有半年之久，我才有閒心餘力開始注意自己的小家。

庭院重新整理，蕪雜草樹一概清除。我告訴種花的大男孩說：「我希望院子裏有點綠意，可是我沒有太多的時間照顧，可不可以幫我種一些耐髒、耐旱、耐熱、耐貧瘠的，即使忘了給它澆水施肥也能生長得很好的植物……」

不等他回答，先自不好意思的笑了。「對不起，都市人的悲哀。」

一直很不願意承認自己是「臺北人」，至此舉手投降。

「你們臺北人真是好騙喲，野草都可以當盆景賣呢！」自己也有個小花圃的大男孩笑嘻嘻的說。

「怎麼說呢？」真的是給他嚇了一跳。

原來，有些種花的人當真到山上挖些野草，配上漂亮精緻的缽子，臺北人就誤以為是什麼名貴的奇花異卉，小心翼翼的供在家中。

「你們連含羞草都寶貝得很呢！」

還有滿山遍野的羊齒蕨，小小一根在臺北花市也要賣五塊錢呢！忍不住和會裏同工開起玩笑來：

「好好好，哪天沒錢了，就發動小孩到山上挖野草……」

笑談中，有一絲淡淡的無奈和酸楚，卻又有種模糊的驕傲，我發現我開始有一點點喜歡臺北人了。

在這樣的環境居然還能生存下去，發展出自己一套生活方式、生活哲學，實在了不起。

輯二
除了愛，我一無所有

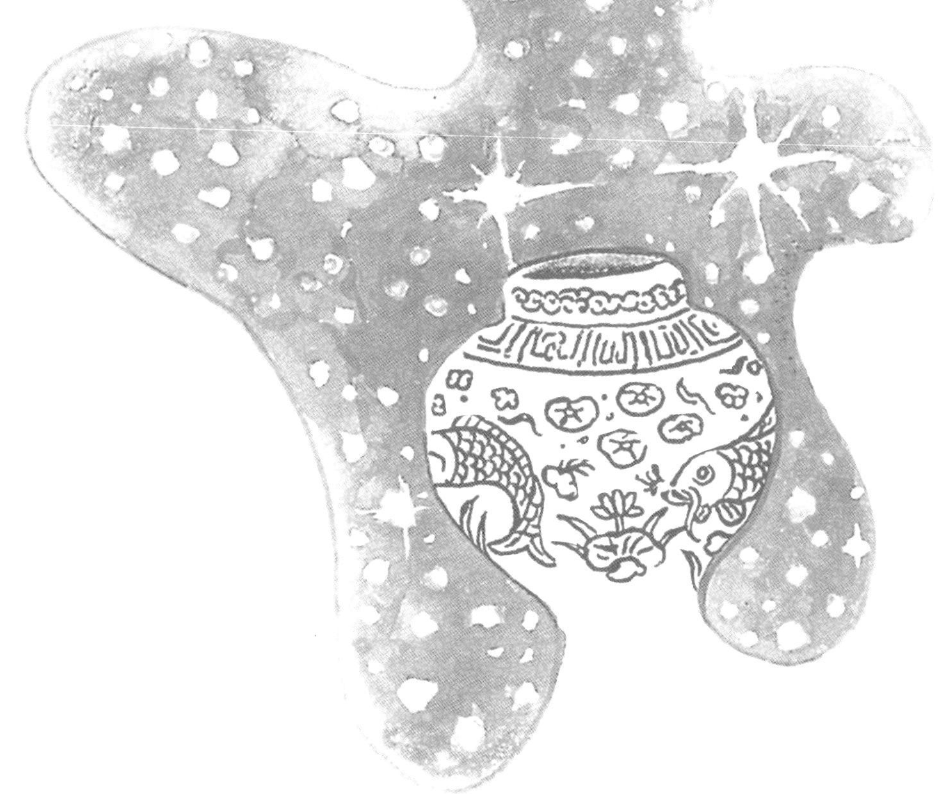

另一種愛情

我從來不是一個溫柔的人，從來不曾享受溫柔的愛。

年輕時的母親，嚴厲而急躁，她把她的愛隱藏在一條條的家規中；我們是入伍訓練的小兵。

及至稍稍成長，便又捲入漫天匝地的一場掙扎中。跟命運掙扎，跟自己掙扎。在別的女孩穿紅著綠的年華，我的世界只是無盡的辛酸和眼淚。

我從來就沒有青春，從來就不知陽明山的杜鵑是怎麼開的，碧潭河的水是怎麼流的。

而千年如一日。

如果說有的人柔情似水，有的人瀟灑如雲，我就是被釘死在曠野的一塊粗石，頂著烈日，抗著狂沙，頑強孤單。

我的思想、我的感情、我的生活方式，乃至於我的筆下，都是方方正正、有稜有角。我的心從來不曾溫柔，溫柔的愛，乃至被愛。

小時候，只知道人分兩類，大人和小孩。

等到霍然發現這個世界上還有第三類人時，已是八歲，可以算得是後知後覺。

真正是青梅竹馬、兩小無猜。可惜的是這段稚嫩的愛在其中一方遷居之後自然結束。

萬萬沒有料到，十年之後這個人居然又回來了。只是自己大病未起，面對著對方的神采飛揚、意氣風發，心中的落寞和難堪可想而知。

我把自己關在小屋，只覺得心如死灰。

那一剎那，我忽然明白李夫人為什麼掩面不見劉徹最後一面。隔了幾千年，女人的虛榮還是一樣啊！

這已經無關風月了。

十九歲那年，醫院裏認識一位大夫，溫和謙厚，沒有病人不喜歡他，只是我心如止水。

他有事沒事就要到我床前繞一趟，癡癡盯著我，我只有故作不知。當時我的心臟出現雜音，晚上他來為我量脈搏，把著我的手久久不鬆，我屏聲靜氣地等著，時間自我們指尖無聲無息溜走，我不敢抽回手，怕的是不小心傷到他。

隔著蚊帳，只見他高大模糊的身影，我看不見他的臉，不知道他在想什麼。其實，我的脈搏平靜一如我的心情，他是聽不出什麼的。

十年之後——恰恰又是十年。我在醫院裏再度碰到他，他已經升級為主任大夫，我明知他已認出我，然而，這回輪到他故作不識，我也不曾點破，只心裏好笑。男女之間，除了愛情，還是可以擁有友誼的，大夫也忒地小心眼了。

在這段時間內，有一度我的病奇蹟似的停止了，如同放出籠的小鳥，一時之間海闊天空任我翱翔。也許是心情愉快，自有一番容光煥發的神貌。窈窕淑女，當然也免不了君子好逑。

就在一次朋友的婚筵上，認識一位男士，外表粗獷，卻是心思極為細膩的一個人。他是新郎的好友，我是新娘的好友，新郎新娘有意無意地把我們拉攏在一起。

我從來不是一個羅曼蒂克的人，即便少女時代，也很少幻想，所謂的「一見鍾情」只當是小說上的字眼，沒想到居然發生在我身上。這位男士是少有的癡情人。

其實一開始我就拒絕了他，而且我們總共也沒見到幾面，但不知為什麼，他就是不死心。這人住南部，朋友寫信給他，他竟然說，他只關心我一人，以後信中只要提我便可，其他一概少說。朋友拿著他的信啼笑皆非。

我不能說心裏不感動，只是那種感動有如看到一部情節動人的電影或小說，也會情不自禁地傷感、流淚，心弦震動，卻是不屬於我自己的。

我知道他也是位愛說笑的人，卻在我面前笨口拙舌，木訥寡言。

有時看他坐在我對面訥訥不能言的痛苦，心中也是憐惜，憐惜他癡得辛苦。但是，憐惜不是愛，世上任何東西都可以施捨，唯獨愛情不能。

有一次他見了我之後回去，填了首「如夢令」給朋友，我只記得起首兩句：「昨夜又見輕笑，澆愁何用買酒……。」朋友對我的無動於衷非常不能諒解，我卻是欲辯無言。

我不是一個寡情的人，只是我的感情都給了別人。

給了那些殘障孩子。那時候，我剛剛參加兩處殘障機構，輔導了上百個孩子，每天腦子裏所想的都是他們。怎麼樣帶他們，教他們；他們高興我也快樂，他們哭泣我也流淚。

我一心一意想做的就是這份工作，我沒辦法一輩子只守著一個男人，一分愛。實在說，做為一個女人，有人這樣癡癡的愛，癡癡的守，不能說沒有虛榮感。然而，對方明知無望卻依然年年消耗著他的青春，也造成我心中極大的負擔。我怕，怕我不殺伯仁，伯仁卻因我而死。

整整十五年，總算聽到他結婚的消息，我心裏的石頭才算落了地。

後來又遇到一位，由於前車之鑑，便預先聲明，只希望保持純正的友誼，若是他做得到就繼續交往，做不到也不必勉強，因為我不想傷害他，不想讓他為一份縹緲的感情做無盡期的等待。

這人倒也是心胸豁達，考慮之下，決定和我以兄妹論交。到今天我們仍是極好的朋友，不只和他，還有他太太。

不過，也碰到一些好笑之事。有個五、六十歲的老頭子，不知在哪裏見過我一面，竟然找人上門提親，要我做妾，說得很好聽，聘禮一棟房子。

母親氣壞了，怒不可遏地說：「拿全臺北來換也不幹，莫名其妙！」

母親的脾氣早已被我的病磨得四平八穩，獨獨在這樣的事上不能自持。又怕我知道了心裏彆扭，一個人悶了好幾個月，才當笑話講給我聽。其實，生死都已勘破，哪裏還會計較這點小事，只覺得這位老頭子的心態頗為好玩，他大概以為我嫁不掉，要他一口粥給我吧！難為了他一番好心。

另一位則幾近無聊。原是位讀者，三天兩頭寫信糾纏不清，有回還寄了封血書，粘乎乎的一大團血跡斑駁，惡心得我差點晚飯都吐了。妹在一旁說：

「這是因為妳不喜歡，所以才覺得噁心，若是喜歡的人，早感動死了！」

說得也是。這一年妹才十三歲，剛上初中一年級，沒想到講出的話還頗有見地呢！

這人見我不理他，異想天開，有一天居然趁我不在家，跑來跟母親編了一套「愛的謊言」，說什麼和我戀愛了好幾年等等，唬得母親一愣一愣的，信以為真，然後在家騙吃騙喝了一大頓才走。

這種人直教人不知說什麼好，我只當自己又多了份寫作材料。

三十歲以後，病體日趨嚴重，心境卻是日趨單純，每日生活規律簡單、寧靜自然。總以為過了男人不再動心，女人不再嫉妒的年齡，什麼愛恨恩怨都與我無干無涉了，真正是清心寡慾，與世無爭。

不想三年以前，突然接到南部打來的一通長途電話，一開口就是好想我，嚇了我好生一跳。

敢情是我小學三年級的同學，該死的我一點印象都沒有。電話的那頭，他結結巴巴訴說著三十年的思念之苦，當年怎麼陪我一同上學，一同玩耍，怎麼在我遷居之後到舊居找我，十餘年前尚且在報上刊登許多次尋人啟事，可惜我一次也不曾看到。甚至，我的聲音在他聽來都和三十年前一模一樣。

從我們的學校，熟悉的老師，家居的環境，他說得有憑有據，絕不是信口雌黃。然而，我努力在記憶中搜尋，卻是怎麼也找不到這樣一個人。

說來實在不能教人原諒，我第一個反應竟然是好好玩，怎麼跟小說的情節一樣。繼而一想，茲事體大，不要又害了別人一生，心情這才莊重嚴肅起來。

不想讓他再殘存一絲希望，越陷越深，每次打電話來，我都是冷著一張面孔訓他。

他說想我，我教他別胡思亂想，他想見我，我只歡迎他和女朋友一起來。

他要我的照片，為的是可以天天放在小皮夾內看，我顧左右而言他，只教他好好工作，趕快攢點錢結婚，年齡也不小了，再不結婚，兒子都耽誤了……等等等等。

不知他是否也覺得無趣了，還是真傷了心，電話是沒有了，我卻又不免掛心，不知這人怎樣了，有心找他問一聲，卻又怕無端端再招惹出什麼是非來。

愛是不必說抱歉，我卻必須說一聲抱歉。

雖然，我並不後悔。我很清楚自己，即使舊事重演，我仍然會做同樣的選擇。

或許是多年苦難把我磨練得極端理智，處理起感情的事竟也是如此冷靜。我總覺得既然自己無意接受對方，那麼還是快刀斬亂麻的好。

因為，感情的事最忌拖泥帶水，如果一時心軟，不忍拒絕，到頭來只怕造成傷害更大，甚至轉愛成恨。

有時候，我自己也不免懷疑，我到底是怎樣的一個人呀！是我真的沒感情呢，還是時候未到？（想來時候應該早過了）那一張張真摯的、坦誠的面孔自我眼前如河水一樣淌過，再回首，只剩雲天水影，春夢了無痕。

而這樣一個鐵石心腸的人，在面對一張清純小臉時，卻是一點自衛能力都沒有。

有一次，一個小小的男孩——至多只有五歲，僅僅比我的辦公桌高出半個頭——很認真地告訴我：

「阿姨，我以前可以跑得很快很快！」

怕我不明白他的意思，急急地又解釋著：「我以前不穿鐵鞋，也可以跑得很快很

快！」

我的心一下子痛起來。

他一定是回想到未病之前無拘無束的奔跑歡騰，那該是怎樣的一種刻骨銘心的記憶啊！再看他小小年紀就已全副武裝，小小的鐵鞋，小小的枴杖，而前面的路不過剛剛開始。

結果，他沒哭，倒是我哭了。

即便他們的歡樂也會引發我無端的眼淚。有一年耶誕節，我特別邀請了童話作家嚴友梅女士和孩子們過節。嚴阿姨雖是大作家，卻依然童心未泯，跑到孩子中間玩起遊戲來，表情十足，唱作俱佳，孩子樂瘋了，有的跌成一團，有的滾在地上，笑得幾乎把屋頂都掀跑了。

我從來沒看見他們這樣快樂過，心裏沒來由地一陣酸痛，眼淚便不爭氣地流下來了。

我難過的是我不知道在他們一生中，還能有多少次可以這樣暢懷大笑的機會。

其實，我們並不需要把他們塑造成什麼超人或強人，只要一點點愛和關懷，就能使他們心裏溫暖，眼睛發亮。耶穌早已經降臨，天國就在人心啊！

最近這些年，儘管行動不便，出門不易，日日夜夜心裏所想的仍是他們。還有那一封封來自各地的信函，信中無聲的吶喊和掙扎。

我是一位殘障者，國中畢業而已，今年十八歲。如今我還沒有工作，我很痛苦。我自己會走，不用拿枴杖。父母每日罵我，看不起我，我該怎麼辦？是吃藥自殺或是離家出走，有時我問父母，他們不理我，我活著有什麼意思？

我感覺世上根本不會溫暖，人人待我如狗一樣，這樣使我失去信心啊！我的腦中長瘤，兩年內動了好幾次手術，聽覺神經已經麻痺，右眼也已經拿掉了，唯一剩下的左眼也開始惡化，只有模糊的視力，我不知道什麼時候會失去最後一線光明。

求求妳收我做徒弟，教教我怎樣去面對那個又黑又聾的世界，我實在怕啊！

面對著一張張愁苦的臉，一個個淚水中掙扎的靈魂，我無法轉頭不顧，雖然我所

能付出的多麼有限。

我的愛有限，能力亦有限。然而，就好像棵苦楝樹，稀稀朗朗幾片葉子，卻不自量力地想要遮掩整片大地，拚了命似的把枝子掙扎向天極。

知其不可為而為之，若是說我這一生還有什麼遺憾和痛苦，這便是了。每每想做的事情太多，卻限於精神體力，常常恨不得對著什麼地方大喊：

「誰有不要的生命，誰有多餘的時間，都給我，都給我，都給我啊──」

病了三十年，對世事萬物、得失榮辱早已看輕看淡，在物質上我一無所求，一無貪戀，任何美好的物品在我也僅止於欣賞的興趣。朋友送禮物給我，我轉手反贈他人，只留下贈送者的一片情意。

這個世界似乎再也沒有什麼令我眷戀不捨的，只除了人。每當我的觸角伸得更廣更遠，我的根便扎得更牢更深，我於是被這一片大地整個攫住了。

我忽然了解保羅為什麼要說生死兩難。為什麼寧肯自己被咒詛，與上帝的愛隔絕，因為他在這個世界還有愛，還有責任。為了他骨肉之親的同胞，便是捨身煉獄，他也甘願。

我也是，我也是啊！

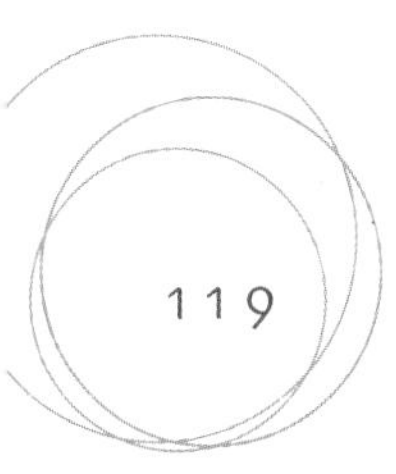

我向神祈求：「只要祢允許我做這份工作，便是拿走我的一切，孤獨至死我都心甘情願！」

多年來，姊姊與弟妹不斷希望我移民美國，不斷告訴我那兒的社會、那兒的環境多麼適宜一個殘障者居住。我知道，我當然知道，在那樣一個社會福利制度完善的國家，殘障者不論上學、就業、工作、旅遊，在在都舒適方便，受到保障。不像在臺灣，出一趟門簡直難如登天。

我只是想，如果人生的目的僅僅只為了一份安定的生活，一個舒適的環境，那麼，臺灣也好，美國也好，甚至於世界上任何一個地方，都沒有什麼差別。

但是，如果除了這些之外，還有一點點理想，一點點熱情，真正想做一點什麼事的心願，那麼，在我以為，與其給外國人做，就不如給自己的同胞做好了。

在這一方面，我仍是相當的自私。

即便我不能帶給他們多少幫助，至少我的心能夠更貼近他們。

對別人來說，這一切或許出於愛心，在我，則是切膚之痛。

我常常想起聖經上以斯帖的故事。

以斯帖本來是一位尋常的猶太女子，在一個偶然的機會被選做皇后。有一年，她

的同胞遭受極大迫害，但是因為她的關係，而使當時的王釋放了所有的猶太人。所以，以斯帖的養父對她說：「妳有了今日的名分，焉知不是為了妳的同胞！」神把以斯帖提升到一個至高無上的位置，原就是藉著她的手拯救自己的同胞。

神讓我經歷這一場人間浩劫、生死大難，與殘障孩子同行，同哭同笑，同掙扎奮鬥，體會到他們內心最深處的無告、痛苦和需要，難道不也是為他們麼？

我知道，神在我身上有一個特別的使命。就好像種瓜的人，看見主芽長出來就要趕快摘掉，好多生側芽，多結花果。有時候上帝拿去我們個人的幸福，也為的是我們的愛可以更無私、更普及。

這一生若是平平順順長大，必然也像世世代代的女人一樣，也生兒、也育女，過我的太平歲月。只是，神引導我走的是另一條路。

至於所曾辜負的感情，欲說已是無言。忘記是誰的詩句，「無情不似多情苦」，我喜歡的卻是另一句，「情到多時情轉薄」啊！

今生今世，且原諒我把自己的愛留給這些孩子吧！他們，更需要我。

——原載《中華副刊》

重入紅塵

在山上住了將近十年，十年的歲月如一溜煙雲。

越來越怕下山，越來越怕去面對那個煩囂喧鬧的城市，每去一趟臺北，就急急想逃回來，車子只要一彎上青潭的路，一看到我的山，我的心便歡喜跳躍。

我喜歡我的山。遼闊的山巒如波浪在我的眼前起伏，綿綿不盡的青翠化為一泓春水，四處流溢。還有我的小鳥朋友，春天的早晨，還在被窩裏的時候，就聽見牠們的浦契尼和威爾第在作曲。我不常見到牠們，卻做了長期不買票的聽眾。

而綠色的風，帶著薄荷般的清涼。

我也喜歡我的天，春天的朦朧，秋天的明淨。冬天，水氣充沛，大地豐潤，厚重的雲層便被西下的陽光濡染成濃淡不同的紫色。這樣的天常教我忍不住想扯一匹去臺

北賣。可憐的臺北人，看到的永遠是鉛灰色的天空。

夏日的天是卡門。攝氏三十六度的高溫火辣辣烤灼得你咬牙切齒，恨不得把那扇窗子封死之後，又還你以一天瑰麗的雲彩補償，瑰麗得教你立刻忘掉剛才的誓言。真的令人又愛又怕的女人。

這樣天地，都是我的。

張岳公說的，眼睛看得到的，都是你的。眼睛看不到的，也是我的。窗下的蘭溪自我一搬進來就夜夜敲著我的心。很多時候，我靜靜躺在床上，聽它緩緩流著，彷彿自我身上漫過，逐漸分不出誰是溪誰是我，渾然一體，物我兩忘。

那兩年的夢中，總不時會走下蜿蜒的小徑，走入溪畔的花叢，夢便在一片花色爛漫中醒來，醒來猶在夢中。

繁星滿天的夏夜，總是捨不得拉上窗簾睡覺，為的是半夜一張開眼睛，星星就在眼瞼上閃爍。

曾經喜歡音樂，每天打開唱機，就是聽不死的貝多芬、巴哈和莫扎特；也曾喜歡畫，滿滿一抽屜的世界名畫複製品，總想像自己有一天是雷諾瓦。

搬上山之後，老唱機給扔了，畫也不復存在，人間所有的音符和色彩在這裏似乎都是多餘的。

朋友初初上山看我，見我朗朗乾坤，一派優容自在，忍不住打趣：

「可是每日對著日月星辰的靈氣吐納？」

當我在煉仙呢！我大笑。

「對，下次再來就能看見頭上放光了！」

我喜歡我的山居生活，喜歡我單純寧靜的生活。

雖然這十年時間，是我健康情況最糟糕，卻是心靈成長最快、創作最豐富的一段日子。

只是，我不能不重回塵世——真正是塵世，只有灰塵和煤煙。回到我臺北的舊居，回到那間只有六個榻榻米，雖有窗戶，卻為鄰牆所擋，只看得見巴掌大一片小天的小屋。

從十六歲到三十三歲，十七年的青春就消磨在那間白天也需要開燈的陰暗小屋；不陰暗的是我的心。

習慣了風聲水聲、蟲聲鳥聲的聽覺是否還能接受那個充滿麻將聲、吵架聲、摩托

車聲、小販叫賣聲的噪音世界？

習慣了滿眼皆綠的天地，又如何去面對那個三合土的世界？

我不知道，我只是非回去不可。

為了工作的需要，搬下去是早經決定的，卻是一拖再拖，直到無可再拖。

那幾日，面對青山，竟是不可抑的淚流滿面。

從來對男人也難得流淚，居然會對我的山流淚，實在莫名其妙。哪個傢伙如果知道我愛他像愛山一樣，一定感動死了。

自己想想也是好笑，不知什麼時候變得如此窩囊。

有時候覺得人還是應該無情一點好，免得牽掛越多，割捨越難。心亂之餘，忍不住對朋友大叫：

「我討厭你們臺北市，我對你們臺北市有排斥感！」

他耐心聽完我的抱怨，溫柔的說：

「我們臺北人很愛妳吔，還是下來吧！我們都會圍繞在妳身邊的。」

其實，難捨的豈只是那一片山，難捨的是那一段歲月以及歲月中的純潔無為。我知道，生命中最美好的一部分已經一去不復返了。

腳步踏出去就再也收不回來，就因為這樣，才教我有分決絕的創痛。

面對紅塵，猶如面對約旦河的約書亞，猶豫膽怯，河對岸不知是怎樣的一個世界？

那「迦南美地」真是一片樂土嗎？

還是仍然有戰爭、有飢餓、有權勢傾軋、有鉤心鬥角的世界？

要經過多少跋涉、多少掙扎、多少汗流滿面、多少血淚糾纏、心力交瘁才能尋找得到那一塊上帝應許之地？

怕的是地上的樂園尚未找到，心裏的天國先已失去。

越來越怕面對人群，幾乎每個見到我的人都對我「景仰有加」，實在不值大家對我這樣呀，我只是一個凡俗女子，做一些我喜歡的工作。生病的好處就在這裏，你不喜歡的事統統可以拿病擋掉。

我的心仍然十分虛榮，仍然脆弱得禁不起這樣的「甜言蜜語」，太多太多的稱讚只會教我迷失。今天的我尚有慚愧之心，他日這些句子一旦習以為常，甚或理所當然，豈不糟糕？

過多的行政事務、公關交際，過多不必要、卻非要參加不可的應酬，我真怕有一

天自己會變成一個八面玲瓏、世故圓通的女人，果真到了那一天，今天所做的一切又有什麼意義和價值呢？

每次上街，總會碰到許多陌生人指指點點，或是過來打招呼。我的管家也是個有趣之人，總興奮的說：

「妳看妳看，這麼多人認識妳！」

「妳錯了，他們不是認識我，是認識我的輪椅，不信的話，我要是現在站起來走路，管保沒有一個人認得我。」我也總是半玩笑半認真的回答。

人，實在是很容易被那些虛幻的掌聲所迷惑，遺失自己。有時，我們若是太急於向別人證明自己，反而會失掉真正的自我。

這都是可怕的事，也是我深深戒懼的。

極不願失去的，是對生命絕對的真誠和坦誠。而我要花多少力氣，才能在十丈紅塵中持守這方寸之間的一片淨土？

朋友看我越來越「沉著幹練」，樸月甚至在她的文章裏稱我是「女強人」，我大叫著抗議：「拜託妳啊！這樣形容會把男人嚇得跑光光，有那個傢伙會喜歡女強人啊！」

看了太多從事社會工作的女性主管，不是強悍能幹，男女不分的「女中丈夫」，就是蓬頭亂髮，衣服永遠皺成一團的「老媽媽」。我不希望成為其中任何一類，不論我的身分是什麼，也不論我年紀多老多大，我仍然希望保有我女性的柔媚。

我仍然認為男女是有別的。

春令營時，楊子先生覺得上帝待我不公，所以特別過來擁抱我親吻我。臺下幾百個孩子拍手歡呼。

我謝謝他。身為一個女性，仍然有人喜愛，有人憐惜，有人親吻，確實是一件令人心動，而且虛榮快樂的事。

其實，從小就是個不安分的人，愛開玩笑，愛惡作劇，愛欺負人——特別是看到漂亮男生不欺負一下就不甘心的人！

生平最最最想做的一件事就是死了讓我當一次女鬼，專門去嚇那些色迷迷的男人。

嚇別人良心不安，只有嚇死那些心懷不軌的男人才是活該，好玩至極的事。

有一回，曉風問我是什麼星座，哪裏知道這些洋玩意。想了半天，告訴她大概是「瘋子座」吧！

總有幾根神經是不對勁的，常有一些瘋狂的念頭會莫名其妙的冒出來。越是別人

認為不該做的、不能做的偏偏忍不住想試一試。

永遠是一個不到黃河心不死的人，永遠是一個對生活保持高度興趣，對四周事物保持高度好奇心的人。

有一年，還能走的時候，原本和朋友約了去西門町看電影的，半路上不知聽誰說的，某某歌廳樓上有跳脫衣舞的，這一說還得了，拉了朋友就跑！

彎彎曲曲羊腸似的窄梯，好不容易爬上去，一屋子的煙和人。標榜是日本肉彈，其實全是仿冒品，身材也不怎樣，渾身癡肉，跳起來亂顫，倒也可觀。跳到最後，只剩下前面小小三點，後面細細一根金線繫著戰戰兢兢幾根羽毛，當她背對著觀眾大拋臀波時，不知誰惡作劇的叫了一聲：

「掉了！掉了！」

嚇得舞孃趕快回頭看，敢情她聽得懂。我忍不住哈哈大笑——年輕時的我非常不懂得女孩子是應該抿著嘴笑的。這一笑可把鄰座一位不知名的男士嚇了一跳，他大概第一次在這種場合看到女孩子，不知為什麼，一張臉突然脹得緋紅，拔起腳跑到後面去坐，倒教我稀奇半天。

回到家，媽媽沒說話，她太了解孫猴子即使有通天本領，也永遠翻不出如來佛的手掌心。

爸爸根本不給他知道，他的老腦筋只怕會憂心得一個月睡不著覺，然後接下來的一個月我和媽媽別想耳根清淨。

倒是給乾爹罵了一頓。「妳一個女孩子家跑去看脫衣舞，羞也不羞？」

我不服氣的頂回去：「女孩子看女孩子有什麼好羞的？倒是你們男人去看才叫作羞呢！」

他給頂得作聲不得，想了半天，不免失笑。

「說得也是！」

這樣一個人，無怪乎妹妹有時會感歎說：「姊呀！妳幸虧生病，妳要不生病的話，妳會造反！」

每次聽到別人形容這姊姊什麼嫺靜文雅、溫柔可愛等等時，弟弟妹妹就偷笑不已。他們常說：

「跟我姊姊做朋友，要提防上當！」

敢情他們不知吃了這個姊姊多少苦頭。有時煩得受不了時，就趕我去住醫院。我一走，他們立刻就寂寞了，又天天跑醫院問我什麼時候回家。我不在，屋子好像空了一半。

前不久妹妹還打趣我說：「將來誰要娶妳，非得三頭六臂不可，只有三個頭才罩得住妳這號人物，六隻胳臂才抬得動妳！」

我不甘示弱的回她一句：「現在已經減肥成功，四隻胳臂便也夠了！」

我仍然喜歡原來的我。刁蠻難纏、機靈古怪，一肚子鬼點子，一刻也不肯安寧的人，即使痛得爬不動的時候，也彷彿有使不完的精力。

早期的作品多多少少會透露出一些本性，後來，朋友都說文筆越寫越進步，甚至還拿了獎，可是我卻越來越不喜歡自己的作品。

太四平八穩，太仁義道德，就好像每天都得擺出一副「慈藹可親」的面孔給孩子們，有一天非變成一個道貌岸然、言語無味的老小姐不可。

我仍然喜歡那個愛哭愛撒嬌、愛虛榮漂亮、活活潑潑、熱熱鬧鬧的生命。

搬下山第一件事，就是十分興頭的買缸養荷。臺北居然買不到缸，問曉風，曉風說她的缸都是路上撿來的，她一向有這種本事，我沒有。

後來好不容易在迪化街問到全臺北僅存的五口缸，每口開價一千一百元，嚇得就此作罷。

不是沒錢，而是捨不得，養荷原本是為了好玩，若是光為買缸就花掉幾千元（總不能只買一口吧？）豈不是本末倒置，這種事我不幹。

買缸不成，就養荷養在心裏。

給自己許一個夢。好好的給上帝做工，有一天攢點錢給自己買塊小小的地，一片小小的山坡開滿野杜鵑、野百合，小小的溪流兩岸是賽似白雪的薑花，小小的樹林是專門給鳥唱歌用的。門前再挖一個大的荷塘，一荷塘的唐宋歲月。

蓋三、兩間小屋，一間自己住，其餘的留給朋友，門也不必上鎖，朋友想來就來，想走就走，主客兩便。

夏天的時候，就來一次荷花小聚吧！剛出水的新鮮蓮子湯，冰鎮藕片，荷葉蒸肉，溫一壺花雕，飲一天星月，醉它個胡天胡帝，不知今夕何夕。

這個夢把每個朋友都聽得醉意醺然，忙著追問什麼時候可以來，我說等著吧，總有一天——

總有一天，你們帶著自己的老伴，滿堂的子孫一起來吧！

屆時，我即使白髮皤皤，皺紋滿面，保證仍然還你們一個迷人可愛的杏林子！

有這樣的夢在夢著，塵世的歲月便是可以忍受、可以無怨的。

所以，那天祿松電話裏問我臺北的日子如何，我開開心心的告訴他，我已經拜羊令野為師了。

天天在寫「面壁賦」！

院子裏的烏桕開始發芽了，春天的夜晚，細雨霏霏，一燈熒熒，我獨坐桌前寫讀，伴著遠近的車聲狗聲，以及一聲聲走近又走遠的「燒肉粽——」

那個熟悉的臺北市又一點一點回來了。

我終於發現，不論怎麼愛山愛水，愛花鳥走獸，天地萬物，我最愛的還是人。

這一想，不禁擲筆長歎。

罷了罷了，還是安安分分做我的「杜子春」吧！這剪不斷理還亂的紅塵啊！

——原載《皇冠雜誌》

濁世

心殿

大概有十幾年沒聽過音樂會了吧！剛搬下山就被朋友抓去聽了一場。親自送票，又親自接送，盛情難卻，不得不去。

沒想到第一支曲子就是古諾的「莊嚴彌撒」，真正是莊嚴肅穆，有若置身在古老的大教堂，聽得我一路眼皮直往下沉，大庭廣眾之間如此失態實在有欠修養，只有不時把頭猛甩一下，保持清醒。

山居十年，下山的日子屈指可數，沒有畫展，沒有音樂會，沒有人情酬酢，日子簡單明瞭，心也單純。想起從前那個整日抱著唱機不放，不聽音樂就不能過日子的人，什麼時候變得如此鄉俗起來了？

為了搬下來，也猶豫了好一陣子，朋友慫恿說：

「下來吧！臺北是個人文薈萃的地方，妳會生活得很豐富的。」

他哪裏知道，過於「豐富」的生活只會使人思想繁複，情感蕪雜，生命的步調混亂。

而我已習慣於簡單的生活，粗衣淡食，無欲無求。

做了二十幾年基督徒，卻是很少去教會。住在山上，教會在山的另一頭，要爬兩道大坡，輪椅難推。每日晨光微煦，梳洗既畢，便是我靈修的時間。看幾節聖經，唱兩首詩歌。窗外有鳥聲蟲聲，風聲雨聲，青山隱隱，碧水沉沉，安靜的心直達天庭。造化之中，人的生命與神銜合，水乳交融。

搬到臺北，種種限制依然很少聚會，偶爾去一趟也往往因為講道內容的貧乏而昏沉欲睡。有時也不免矛盾，一個基督徒不到教會去似乎是件不應該的事，一日讀經，正好讀到耶穌說的一句話：「安息日是為人所制定的，人不是為安息日所生。」忽然豁然釋放，是了，所有的制度典章都是因著人的需要設立制定的，但人卻往往為這些有形的儀文規則所限制束縛，結果本末倒置，反而失掉原來的意義和內涵。

如果我上教堂只是為了每個星期必須的公式，或是為了怕別人的批評，那麼，我是在敷衍神，也是在敷衍我自己，我便寧肯不去。

在神面前，我願意保持單純如赤子之心；在人面前，我也願以我的真誠坦誠相對。有時候，人努力要使自己高貴有教養，往往付出極大代價，失掉本性。

越來越不喜歡偽裝自己，越來越不願意矯飾自己，凡事本乎自然，順應天意，我的心就是神的聖殿。

母親

整整一個夏天，把自己忙得馬不停蹄，幾乎連喘息的餘地都沒有，忍不住憐惜自己來，跟母親撒嬌說：

「妳看，每天按時起床，按時睡覺，努力工作，笑口常開，又不亂吃零食，又不亂交男朋友，這樣乖的小孩現在已經找不到了！」

諸如此類的話，母親一向是聽而不聞的。

其實，我是說給自己聽的。所以，為了犒賞這個「乖小孩」，決定送自己一件新衣服。不知是不是呆板的行政工作做久了，又有一根神經要發瘋，竟然一心一意想買件露肩裝。

幾個人晚上出門逛街，從光復南路、延吉街一直逛到忠孝東路，大店小店、大攤小攤，就是買不到露肩裝，大概今年不流行裸露肩膀，想輕狂一下都輕狂不起來。

不知怎麼給母親曉得了，氣得電話裏罵我：「胡鬧，什麼年齡了，還敢穿露肩裝！」

「有什麼關係？」很久沒挨母親的罵了，忍不住逗她：「趁著肩還是香肩的時候，露一下又有何妨！」

「不行，妳少給我發神經！」

我嘻嘻哈哈笑起來。

母親是個可愛的人。年輕時脾氣急躁剛烈，孩子們沒有不怕她的。隨著生活的磨練，歲月的沉潛，逐漸如大地一樣寬廣厚重，無所不能包容，無所不能承載。

孩子們由敬畏而衷心喜歡貼近她。有時也不免在她面前撒嬌撒賴。

有一回，我想燙個爆炸頭，母親不給。弟弟妹妹一旁七嘴八舌幫著爭取「民權」。

「妳就給人家爆一下有什麼關係？」

母親氣得大罵：「都是一群瘋子啊！」

兄弟姊妹幾個笑成一團，似乎挨罵是件相當快樂的事。母親是個輕易不流露感情的人，更不善於和孩子親暱，我們只有從她嚴厲的管教和責罰中體會她深沉的愛和期望，而這一點，也是長大之後才慢慢明白的。

然而，不知從什麼時候開始，一向沉默不多話的母親逐漸變得有些絮叨起來，一件事往往忘言的重複再三。年輕時博聞強記、過事不忘的母親有時也會丟三落四，顧前失後，而那個如鋼鐵一樣堅強的母親竟然不時會在一些小事上顯出莫名的軟弱……母親的脾氣越來越好，朋友見了，免不了偷偷問一句：

「不像你們形容的那麼嚴厲嘛！」

「有喔！有喔，年輕時兇得要命！」我們有意誇張一下。母親聽到了，也只是笑笑，縱容的。

我一直不肯去面對，更不願意承認，可是……可是我終於不能不承認，那個似乎永遠永遠不會老的母親畢竟也抵擋不住歲月的侵蝕。每一思及，便心中抽疼，疼到眼淚迸流。

似乎——似乎只有在母親偶發的怒氣中仍能看到一絲她當年的影子，而我們，是多麼希望能挽回一去不回的時光。

仍然有母親同住，仍然有罵可挨，這是千世不換的幸福啊！

生　死

韓偉院長去世了。

四月的時候，他的祕書寫了一封信給我，說他在病床上特別思念我這個一病三十年的老病號，接了信，當即趕車過去。

那天，他精神甚好，剛剛動過手術的地方正長出一片新髮，怎麼看，都不像傳說中病情險惡，大限不遠的樣子。

病床前，我為他唱了兩首詩歌，他興致很高，也回唱了一首，渾厚的男中音，中氣十足，怎麼會想到那已經是他最後的聲音了呢？

走出中正大樓，靠牆一排花樹開得正豔，日光灼灼下眩人眼目。我認不出花名，只知道那種粉紫色的花朵瞬間開放倏然萎謝，生命極其短暫也極其燦爛。

沒來由的一驚，駐足花下，怔然良久。

八月裏再到榮總演講，花樹早已綠葉成蔭，韓院長也已走了。那天演講的題目就叫做「生死之間」。

面對那麼多裹著布、坐著輪椅、掛著點滴、提著尿袋前來聽講的病人，這個講題未免太過觸目驚心，然而，有什麼地方比醫院更能詮釋生命呢？

在那裡，多得是受不了一點壓力就精神崩潰的人，多得是遇到一點挫折打擊就自裁輕生的人，但也多得是病體支離卻依然生意盎然的人，多得是輾轉病榻死也不肯屈服的人。生命同時展現了它極端脆弱也極端強韌的一面。

在那有限的個體中，到底有多大的伸縮性呢？

那天，我也順便到樓上看一位叫徐小萍的女孩子。肺功能完全喪失，必須長期依賴氧氣，整個生死存亡就維繫在那一根細長的氧氣管上。她說：

「只要求每天呼吸能夠順暢一點，其他都是次要的了。」

而她，還不到二十歲，卻已經在病床上躺了整整五年。花樣年華，錦般歲月就消耗在那一間白色有著藥味的小房間裏，而窗外花開花謝，春去秋來又與她何干何涉呢？

那天，極愛流淚的我卻出奇的沒有流淚，因為她在笑，面對她的笑臉，我的眼淚是一種侮辱。

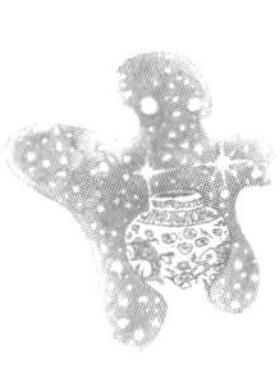

生命，儘管艱難，有其不能解的無常無奈，卻仍然有著不可逼視的莊嚴和尊貴。
曾記得寫過這樣的一首禱告詞：

主啊！
春天的花開了又謝，
夏天的草綠了又枯，
秋天的果實熟了又落，
冬天的雪花飄了又化。

天上的雲總是聚聚散散，
水中的浮萍總是漂泊不定，
一代出生，
一代離去，
人間的悲歡離合又是這樣無常無奈。

但是，主。
求祢讓我們在匆匆的腳步中，
仍能留下一點痕跡。
有一日，
當我們的腦波停止，
求祢讓我們將智慧留下，
我們不屈的意志留下。
當我們的手臂低垂，
求祢讓我們將經驗留下，
我們披荊斬棘的勇氣留下。
當我們的雙腿不再邁動，
求祢讓我們將汗水留下，
我們頂天立地的精神留下。
當我們的心臟不再躍動，
我們的肺腑不再吐納，

我們的軀體一寸寸冷卻，
主啊！
求祢讓我們將愛留下，
我們對生命的真誠，
對自然的禮讚，
對人世的祝福留下，
這樣，我們才敢說：
我們已經活過了。

終其一生，我們無從選擇生，也無能決定死，然而生死之間，要給自己的生命賦與怎麼樣的一種內涵和意義，卻由得了自己作主。

就好像中正大樓前的花樹，或許我們沒有權利選擇自己是那一種樹，我們只是將生命的精華在有限的年月盡力展現出它特有的風貌。能夠明白這點，韓院長和師母也應該是可以無憾的。

白髮

前些時候，同工推我時，忽然一聲驚呼：「唉呀！劉姊，妳長白頭髮了！」

我一笑置之。從去年開始，我就已經發現頭部右上方冒出一小撮白頭髮。其實，我的臉上也開始出現細緻的紋路，不過不注意還顯不太出來。

姊姊知道了，花了幾十元美金買了好幾瓶護髮藥水，老遠託母親帶回來，交代我務必要搽。我一看使用方法，又是先搽後洗，又是洗了再搽，手續繁複，先就不耐了。我一向體貼自己，不肯給自己找這種麻煩的，全部束之高閣。

上天厚我，從小擁有一頭烏黑濃密的頭髮，一張光潔圓潤的臉，而年過四十才長幾根白頭髮，出現幾條皺紋，有什麼可驚可歎的呢？

常常有年輕的女孩子問我如何保養皮膚，天知道我從來就沒花過心思在這上面，每天只是清水肥皂洗臉，連化妝品都不用。母親偶爾買瓶面霜給我，也很少搽，反倒是弟弟放假回來偷搽掉了。

年輕時的我，對自己的容貌相當自負，總覺得樣樣皆好，唯獨牙齒不夠理想，免不了耿耿於懷，常發怨言。有一次，妹妹就不高興的說：

「妳這個樣子還不滿意，那人家長得醜一點的，豈不都該跳淡水河了？」

沒想到十年來，因為下顎關節變形後縮，頸部周轉不靈，藥物副作用，加上長期側睡的結果，導致整個臉龐變形，越來越不美麗時，我的心反而越來越釋放，越來越坦然自得。我終於發現再美麗的容貌也會在歲月的侵蝕下醜陋，唯有心靈的美，思想的美，性情的美才會隨著時光的醞釀愈加香醇。

春令營時，楊子先生見到我，不禁難過得紅了眼睛，他覺得上帝對我不公平。我輕輕告訴他，也告訴在場的數百個殘障孩子，上帝對我還是公平的，若是我樣樣俱備的話，豈不是要輪到別人埋怨上帝不公平了？

從來沒有一個時刻像現在這樣自足快樂。生命於我恰似一枚初熟的果子，經歷了雪雨風霜，已經開始嘗到甜味，卻仍保有它的新鮮和輕脆。

不再苛求什麼，也不再計較什麼，正因為多了一分包容的心，反而覺得世界無處不美，人間無處不好，人生小小的不遂不順反倒成了一種點綴，回頭再看，也是一種風景。

有一次，電視上看到考古學家在新疆羅布泊掘出一具千年前的木乃伊，髮間仍插著鳥羽，據說埋葬時仍是新嫁娘。想當年也是花容月貌，然而，那如緞的長髮呢？那溫潤如玉的肌膚呢?那漆黑明亮一如星子般的雙眸,以及眸中綿綿不盡的情愛呢?如今剩下的只有狂風怒號,黃沙遍地,只有漠漠大野無邊無際的煙雲。當她的遺骸重新暴露於荒漠之上,千年前的繁華也不過是一場春夢。

有一日,我們也要如風而去,值得珍惜的是今天,好好的活,好好的愛,好好的享受我們的生命。因為人生短暫,許多美好的時光一經錯過,就永遠追不回來了。

他年,即使白髮皤皤,又何能損我一絲一毫的美麗呢?

隨緣

朋友要訂婚了。

多年來,我深知她在身體上所承受的病痛折磨之深,連我這個飽受病患的人也為之心酸不忍。然而,每次見她,也只見她如花的笑臉。

所以,當她娓娓訴說著那個千百年來大同小異的愛情故事,不知為什麼,就是想教人流淚。淚眼中一半欣喜一半感歎的說:

「真好真好,受苦的人就是應該有人好好的疼,好好的愛……」

「那妳呢?那妳自己呢?」

猛不防這樣一問，倒教人一下子愣住了。朋友真的是覺得我在受苦嗎？

有一度三毛天天跟神禱告，要拿她的命跟我換。她說，她尚且有一個丈夫可以死，可以讓她哀哀思念，而我連這一點也沒有。她可憐我。

我總是笑，總是頂她一句：「妳的命有什麼好，我才不要！」

我才不要。一個從小得自閉症的孩子，只會拿著刀把自己的身體和心割得七零八落。愛情和婚姻的路上幾生幾死，彷彿每一次的歡樂後面都隱藏著巨大的悲哀，短暫的幸福總像在醞釀某種不可知的悲劇。

而她居然要跟我換，這樣的命我不要。我受苦只是我的身體，我的心卻是完整的。

我自有我的道路，在我的大苦大悲之中，自有我的大喜大樂，看盡了生老病死，悲歡離合的故事，能夠擁有一顆平和自如的心，這是我的大福氣。

不知為什麼，這兩年來，朋友們特別關心我的感情問題。有一回，有人託三毛轉交一封信給我。

「情書。」三毛強調：「不是另一種愛情，是這一種愛情。」

我沒有接過來，問都不曾問。已經過了用這種方式交朋友的年齡。

其實，好像從來也沒喜歡過這種方式。這一生也不是沒有愛慕者，沒有接受的原因自己也很難明白，理由可以有一大籮筐，仔細思量又似是而非，或許正應了溫庭筠的一句詩：過盡千帆皆不是。

彷彿始終沒有遇到那個應該屬於我的人，到底是怎樣的一個人自己也不清楚，只是芸芸眾生中沒有心動，沒有乍然的驚喜，沒有那分生死相許的孤注一擲。

倒也不曾刻意去尋找，或許已自身邊流失亦渾然不覺。

拓蕪常為他這一生沒有好好談戀愛而懊惱悔恨，我倒覺得有與沒有都是天意，強求不得。我不祈望人生十全，但有九分便也心滿意足，因知萬事萬物有得有失，有成有敗，有虧有盈，有圓有缺，有悲有喜，有樂有哀，換一個角度看，缺憾何嘗不是另一種圓滿呢？

陶塑班的美術老師一夜之間剃光了他的三千煩惱絲，每個見到他的人都為之絕倒。我知他是為情所困，豈不知髮乃身外之物，既是看破紅塵，何庸剃度，可見塵緣未了。

朋友問我：「那麼，妳是看破了？」

「我是可破可不破，隨緣吧！」

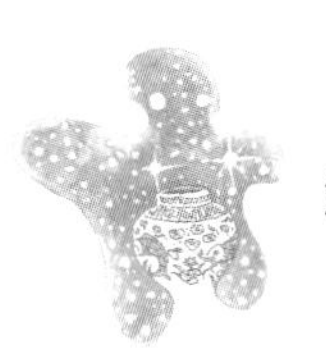

彼此相視一笑，意在言外。

濁世

那天，小人兒隨父母到臺北來，進了門，先把我的屋子左看右看，皺著小眉頭，埋怨說：「妳怎麼住了這麼一個可憐的小房子！」

停了一會，又說：「真受不了妳這種小房子！」

「不小啊！你看，還有院子，院子還有樹，樹上還有鳥，多好！」看他一副人小鬼大的樣子，真是好玩。

他搖搖頭，不以為然的。隔了半晌，忽然又冒出來一句：「姑姑，妳為什麼要一個人搬下來住呢？」

我一驚，敢情小人兒憐惜我一個人孤單，卻一時表達不清楚心中的意思，只好遷怒我的房子。

我親親他的小臉，要怎樣才能讓他明白，每個人都有他自己的日子要過呀！

在山上住了將近十年，怎麼樣也沒想到有一日會離開的。臨走的那天，坐在車裏看著青山自眼前一步步後退，漸行漸遠，心也彷彿被切成一段段，隨山而去。只是一下了山，便把眼淚收起來，把山忘得一乾二淨。

沒有離去之前，也會猶豫，也會掙扎，也會流淚不捨，然而一經割捨，就再也不回頭。在我浪漫多情的個性中其實也有著相當冷酷無情的一面。

足足有半年之久，我沒有回到山上去，想都不曾想過，直到中秋節回家陪伴二老。

再見青山，嫵媚中多了一分矜持，熟稔裏添了一分淡淡的距離，很難想像那三千多個每天看山、聽山、呼吸山、張眼是山、閉眼是山、睡夢中亦有一片青山隱隱的日子。如今每日面對的卻是牆上一幅朋友的山水畫，山對我是那樣遙遠陌生，朦朧而不實在。

在自己的生命中，似乎很難有兩全的時候，不是選擇了這一樣，便是割捨了那一樣，總要一刀下去做個了斷。

每次看到栗耘或孟東籬的文章，便不免心生羨慕，恨不能也寄身山水，終老田園，做一個化外之民，物我兩忘。卻也很清楚自己，對山下的世界永遠做不到無動於衷，永遠做不到置身事外。修煉十年，修不成正果，依然是凡人凡心，俗情俗愛，依然對人世間的事事物物牽牽絆絆，既然眷戀不捨，便無可逃避的跟著一同焦慮一同憂傷。

上班途中，總看見許多人家屋簷下掛著一隻隻鳥籠，籠中鳥被粟米和青菜餵養得臃腫肥碩。有時氣起來真想晚上過去偷偷打開籠門，放牠們自由。隨後又不免失笑，已經習慣於籠中生活，即便回歸山林，怕也是無法適應。

汲汲營營的都市人又何嘗不是籠中之鳥，不同的是有人無奈被困，有人卻是自甘投身網羅。

當初為了這分工作，沒有人不反對，母親尤其激烈，幾乎一提起來便勃然大怒。三毛拓蕪幾次勸阻不聽，一度氣得想毒死我。

「不知道這個人腦子到底出了什麼問題？」他們說。

我竟然給自己選擇了這樣一條孤單的路，而且不能回頭。

心中總有一種熱切卻又不為人知的寂寞。世人總以為我為的是一分愛心，我豈是這樣膚淺之人，我為的是那一顆顆和我同樣圓顱方趾，黃膚黑睛的靈魂怎麼樣去肯定自己，接納自己，進而得到他人的肯定接納，尊重認同，這是基本的人道問題，是人性尊嚴問題，又豈是「愛心」兩字所能包容的？然而，我要怎樣才能讓人了解。

十月初我們邀請陳怡安博士演講，他很坦誠的表示，面對這些殘障孩子，他有一分無力感，他不知道自己到底能給他們什麼樣的幫助。

其實，對於任何一個社會工作者，都有相同的感受。面對社會傳統觀念的壓力，以及整個大環境的不能配合，我們也常有一種深沉的悲哀和無能為力的困乏。

特別是那些重度殘障者，那些低智能兒童，那些像狗一樣到處被踢被拒的孩子。還有許多很小很小的幼童，得不到適當的醫療和教育，我們已經可以很清楚的看到十年、二十年後他的發展情勢，我們憂心如焚，可是種種限制，我們無法扭轉現況，只有眼睜睜的看著他們離去。

我的同工常常在辦完一次活動後，身心俱疲的放聲大哭。那樣的眼淚和當年耶穌面對耶路撒冷所流的眼淚又有什麼分別呢？

我自己亦是矛盾得厲害。有時跟神祈求，給我多一點愛，因為我有這麼多對象要關懷，要付出，可是有時我也向神祈求，讓我的心更粗糙一點，我的感情更遲鈍一點，免得我因為愛得太多而痛苦。

我不知道愛是否同時具備了快樂與痛苦兩種截然不同的特質。我只知道這一條路我會一直走下去，沒有怨悔，沒有逃避。

寫作班的談老師大概看中我長了一張團團粉粉的圓臉，封我「玉觀音」。我告訴

孩子們，我們不做觀音，我們只要做一個平平凡凡、普普通通的人就可以了。

「做觀音才可憐呢！」

「為什麼？」

「沒人愛哪，我們平常只會求祂、拜祂，誰敢跟菩薩說我愛你，不給祂一掌劈死才怪呢！」

孩子們搗著嘴直笑。

就讓我們做一名小小濁世中的凡夫俗子吧！免不了有情愛的掙扎，人世的悲歡，卻也在這苦苦樂樂，悲悲喜喜當中嘗到了做人的千般滋味，萬般風情。

——原載《皇冠雜誌》

有歌的日子

微笑的臉

走在路上，我喜歡看人，看人的臉，看人臉上的陰晴喜怒。每一張臉都是一個故事。

半年多臺北的日子裏，清晨上班，居然只看到有限的幾張笑臉。其他的，都是一些呆板的、灰暗的、疲倦的，或是猛然間分不出眉眼五官的臉。

忍不住跟朋友歎氣：「奇怪，你們臺北人怎麼不愛笑呢？」

只有我這個山裏來的人，晴天頂著大草帽，雨天披著斗篷式的登山雨衣，一路唱著歌上班。

每一個新的日子，不都是生命中一個嶄新的開始嗎？不同於昨日，不同於明日，是單單為今日的我預備的；每一個新的日子，不都是和生命的頭一次相遇，頭一次相愛，充滿了清新的喜悅和驚奇嗎？我們還活著，能看、能聽、能思想、能愛，甚至也能恨，這難道不是一件了不得的大事嗎？難道不應該好好讚賞驚歎嗎？

珍惜都來不及，欣賞都來不及，怎麼可以板著一張臉讓生命中每一個一去再也不復返的日子呆板乏味，千篇一律。

誰也不知道，整整一個夏天，我是一名傷痕累累的兵士。

五月中，為了替文藝營找一塊理想的園地，踏遍陽明山麓，車行途中，坐骨不慎受傷。也是自己疏忽大意，傷口潰爛化膿，不得不強迫自己躺在床上，這一躺又躺出禍來。多年來，我只能向右側睡，側睡的結果，整片右背長滿大痱子，接著痱子發炎一如蜂巢。我開始面臨一項痛苦的抉擇，我坐著，猶如坐在刀口上；我躺著，猶如躺在劍山上，橫豎都是煎熬。

而文藝營的工作已到了最後階段，緊鑼密鼓，千頭萬緒，緊接著籌備八月份的中橫健行，九月份一系列的親職講座、手語班和商用英文班的開課……工作如山一樣的壓積下來，時間的腳步不容許我稍作停頓休息，也不容許我呻吟軟弱。

在無從選擇的情況下，我放棄掙扎，該坐的時候坐，該躺的時候躺，該工作的時候照樣工作。

孩子們有時看見我因傷口的抽搐而顫抖，免不了想出一些方法分散我的注意力，他們不知道，痛至極處，是需要以全部意志力去對抗的，一分神，就沒有力氣了。

朋友見我，仍然是笑容可掬；朋友聽我說話，仍然語調輕快，無人看見重重紗布纏裹下的瘡口。

並不是真的這樣英雄，長夜孤燈，仍有我不能支撐的脆弱，不能抑止的眼淚。只是，隨著朝陽升起，我的臉燦爛如花。

許多人總以為我一病三十年，足不出戶，不知社會黑暗，不知人心險詐，下筆一派天真，不食人間煙火。其實，醫院就是社會的縮影，生老病死，悲歡離合，愛恨恩怨都濃縮在那一張病床上，尖銳刺心的感觸又豈是常人所能了解的。

我所閱歷的是這樣一種生和死。

太清楚人性的脆弱，便不免常為人自己製造出來的悲劇有一種無奈的傷痛。

至今仍然無法忍受的，是人因為無知所承受的痛苦。也因此，總希望多帶出一點溫厚，一些祥和，多少彌補天地之間的缺憾。

即使是力道有限，卻也沒有退避的理由，因為，這也是我所生活的土地，有我方趾圓顱的同族同類。

會裏有一個患有自閉症的女孩子。僅僅十六歲，一張臉就像是被刀削過一樣，削去全部肌肉，也削去所有表情。講話時好像嘴裏含了許多小石子，所有的句子就在那些小石子中滾動，含混不清，不知所云。過分嚴厲的父親造成她心理巨大的壓力，在無可逃避之餘，她把自己封閉起來。

曾經接受過好幾個地方的心理輔導，可是沒有人能走進她的世界。有一段時間，她也常常打電話給我，反反覆覆在一些微不足道的小事上繞圈子，毫無內容，毫無章法，毫無次序。最糟糕的是她根本不聽別人說什麼，只一味的自我喃喃，折磨自己，也折磨別人。

也能體會她內心掙扎之苦，卻是無論如何也進不去，她的世界是一口封閉太久的井。

每每在夜深時刻，筋疲力竭之餘仍要接聽這樣的電話，真是耐力的極大考驗。多少次想切斷她的話頭，告訴她我很忙、很累、很……可是我不敢，深怕她剛剛伸出的觸角又縮了回去。

我不是醫生，完全不懂心理治療，我只能做一個疏通的管道，如果她正好需要一個出口的話。

我忽然發現能夠愛，能夠付出實在算不得什麼，有人肯接受你的愛，你的付出才真是一件值得謝天謝地的大事。

幾個月前，她來到伊甸上課。一天早上，經過我身邊時，忽然微微一笑，我足足愣了五秒鐘，從來不相信那張木然呆滯的臉也會笑，雖然笑得仍然十分生澀，卻讓我的眼睛濕潤了許久。

在這個充滿疏離感的時代，我們難道不都或多或少患有自閉症嗎？把自己用層層藩籬緊緊圈住。

人到底要掙扎多久才能走出自己的世界？要流多少眼淚才能解脫心靈的桎梏？

不久前，一位讀者將她罹患重症又遭丈夫遺棄的心酸史寫成一篇長稿寄我，希望我幫她找一個地方發表。我告訴她，且讓我們收起自己的傷痕，用笑臉面對人世的風雨吧！這個世界的眼淚已然太多。

我喜歡看到笑臉。每一張微笑的臉都是一朵初綻的蓮花，自有一分清新的美麗和清平盛世的風采。

這些日子，常和孩子們唱一首小歌：

要微笑，不論你是否憂傷，
要微笑，因主就在你身邊。
微笑使你一天天更明亮，
微笑使你負擔更覺輕省，
因為今天是個更有價值一天。
讚美主，感恩充滿你的心，
那明朗而欣喜的微笑使你生命更富意義。

偶然

和孩子們在山上住了三天。

雖然每一次的活動都有我的事先參與策畫，但等策畫完畢，工作分配給各部門後我的責任便算告一段落。

而這一次，卻是和孩子們實際生活在一起。我告訴負責的同工，不要找我開會，不要找我處理任何事情，這一次我是純粹去度假的，我已經快被臺北的日子淹沒了。

山上的日子極其安靜，極其輕爽。

整個人忽然懶散下來，不想動，不想說話，不想思過。明知美術教室有老師在教畫，音樂教室有歌聲飛揚，文學教室正在講解如何創作。孩子們爆出的笑聲似遠似近的傳來，可是我的身子卻賴在床上不肯合作，只因為——

窗外有樹，樹上有蟬。

清晨四點，就被鳥聲驚醒了。從初初調音的不規則到琴聲揚起，我是最忠實的聽眾。有鳥如歌的日子似乎已經離我相當遙遠了，那種模糊的回憶羼雜著甜蜜和憂傷。

我的心仍然屬於山的。

有時坐在廊下看山，看樹，看蛺蝶在梔子花前飛舞，竟然可以把自己看癡了過去。

只覺風景不再是風景，我不再是我。我已化作晴空的一抹藍，樹梢的一點翠，逐漸淡出，溶入大化。

山無言，樹無言，與朋友相對，亦是無言。不是不明白他殷勤的心意，只是覺得既然有很多事情一時訴說不清，解釋不明，言語已是多餘。靜默便是最完整的答覆。

仍然喜歡單純的生活，單純的愛和被愛，單純的付出和接受，單純的過我自己想過的日子。單純的本身就是一種美。

聖經上有句話極有意思。「上帝造人本來很單純的，結果人把自己弄複雜了。」欲求越多，思慮也雜，煩惱也多，紛爭也多，人世永無寧日。

儘量讓自己的生活清淡平和，物質的欲求降至最低程度，吃也簡單，穿也簡單，生活規律，起居正常。只要關節不痛，每晚幾乎只要頭一挨到枕頭就會酣然入睡，連夢都沒有。

我喜歡這樣的日子，真是好到即使撒手離去，也是無憾。

也不是不愛那些孩子，只是他們的路終究還得他們各人自己去走，我只不過是個引路人。

我愛這個世界，卻不屬於這個世界。基本上，我仍是一個孤獨的人，不過，活得很自在，照自己的方式。

原以為山中無歲月，不想還是到了結束的時候。最後一晚，看到孩子們依依之情，不免心緒紛亂。面對萬事萬物，萬種情愛，我明白我只是一名過客。

青山無語，斜暉脈脈，我終究還是要離去的。

晚風裏，孩子們曼聲唱著「偶然」，只是把最後一句稍作更動。既然愛過了，回憶也可以很美麗。

偶然，就是那麼偶然。
讓我們並肩坐在一起，
唱一首我們的歌。
縱然不能長相聚，
也要常相憶。
天涯海角不能忘記我們的小祕密，
為什麼，忘不了你，
為什麼，惦記著你，
多少的時光溜走，
多少的記憶在心頭。

你悄悄的來，
又悄悄的走，
留給我的卻是一串串美麗的回憶。

不悔的愛

第一次到臺灣神學院勘察文藝營營地時，滿院亭亭如蓋、青蔥蒼翠的樹木中，一眼就看見它。脫口而呼：

「咦，那不是楓樹嗎？」

「是的。」帶領我們參觀的先生熱心的說：「馬偕博士一百多年前親自從加拿大帶過來的。」

那天，戴南祥老師在大會堂教孩子們帶動唱，笑聲與歌聲把屋頂都快掀起來了。孩子們的歡笑總會引發我無端的眼淚，我的剛強之中仍有不能碰觸的脆弱，便只有匆匆逃了出來。

一個人獨坐前庭。前庭極靜，沒有鳥聲，蟬聲也已歇息，只有風像流水一樣拂著人拂著樹。我靜靜看著這棵樹，漸漸走向一百多年前的黃昏。

是怎樣一種愛，怎樣一種情懷，讓一個年輕的加拿大的大孩子背井離鄉，萬水千山的來到中國，一個完全陌生，完全不肯接納他的地方。

老百姓用大糞潑他，用穢言罵他，用刀棍趕他出境，只因為他是一個不同文不同種，卻妄想要做他們同胞的「洋番仔」。

是怎樣一種愛，怎樣一種情懷，竟使他甘願留起長辮，甘願娶一個中國女子為妻，甘願從思想，從言語，從生活習慣蛻變成一個中國人，只為了更貼近中國人的心！

而最後，他也老死中國，遺骨就埋在中國的土地上。

他實在不欠中國人什麼啊！只不過偶然有人提起在遙遠的東方有這麼一個叫做中國的古老國家，有一大片望也望不見天涯的土地，有多得數也數不清的人口……他就愛上了，把他一生的年華歲月無條件的雙手奉上。

從所熟悉的生活環境連根拔起，離開所愛的父母、親人，或許還有青梅竹馬的情侶，千里迢迢，遠赴中國，他一定也清楚知道這一腳跨出去就可能永遠回不來，此生此世再也見不到故國家園。「勸君更進一杯酒，西出陽關無故人」，面對浩浩蕩蕩，

無邊無際的大洋，這是怎樣的一種征途，需要怎樣的一種勇氣呢？難道說真有一種愛是需要像「風蕭蕭兮易水寒，壯士一去兮不復返」那種一刀切斷生死的剛烈和決絕嗎？

然而，在他內心深處還是有一些割捨不斷的東西吧！簡單的行囊帶著一棵小小的楓樹苗。楓樹，是他故鄉的樹呀！北溫帶的植物要在亞熱帶燠熱潮濕的土地上生根增長，該是需要幾生幾死的掙扎歷練呢？

楓樹苗逐漸適應了這塊土地，他也逐漸被這塊土地上的人民接納認同，他們同樣生長得很好，生活得很好。

而這一棵樹伴著他，從他年少到年老，在他孤獨，在他寂寞，在他被打被拒被羞辱，以及被濃濃的鄉情席捲時，想必就是這棵樹陪著他在風中一同流淚，一同歎息。當他年邁體衰，再也無力奔走時，這一棵來自他故鄉的樹該也是他最後的寄託和慰藉吧。

而今，我同樣坐在樹下，同樣癡望著七月裏碧綠如翠玉一般的葉子，以及隱藏在葉下細碎的象牙色小花，便禁不住熱淚如傾。

這是怎樣的一種愛，怎樣的一種情懷呢？

朋友見我年過四十頭髮依舊烏黑，額頭依舊明亮，膚色依舊紅潤，總也不見老似的，免不了打趣幾句：「怎麼越來越青春貌美了？」

我就把老朋友的話拿出來回答。「三毛說的，戀愛中的女人就是這個樣子，又年輕又美麗又快樂！」

乍聽之下，沒有人不給嚇倒的。這個生活規律如清教徒的人，什麼時候談起戀愛了？

看到朋友被捉弄的樣子，總忍不住大笑。如果你有一個對象使你為之生為之死，為之哭為之笑；如果你有一個對象使你願意將生命最後一滴血一滴汗為之付出的，這算不算是一種愛情？

望著和風中窸窣作響的楓葉，我輕輕唱起一首古老的情歌。原是當做委婉纏綿的男女之情，此刻再唱，卻只覺胸腑間熱潮洶湧，別有一番深情深意。

我怎能離開你，我怎能將你棄，
你當在我心頭，信我莫疑。
願兩情長相守，在一起永綢繆，

除了你還有誰，與我為偶。

藍色花一叢叢，名叫作勿忘儂，
願你手摘一枝，永佩心中，
花雖好有時光，祇有愛永不移，
我和你共始終，信我莫疑。

願今生比作鳥，飛向你暮和朝，
將不避鷹追逐，不怕路遙。
遭獵網將我捕，寧可死傍你足，
縱然是恨難消，我亦無苦。

不論世界如何變遷，人心是否越來越現實，真正的愛情仍然是生死相許，堅貞不移；真正的愛情仍然是至死也不怨悔。

——原載《中華副刊》

情書與其他

有次和幾位朋友聊天，她們都已經結婚生子，聚在一起就是談她們的丈夫兒女，一副標準的賢妻良母，我忍不住潑她們冷水：

「妳們縱有千般的好，就有一樣樂趣是妳們享受不到的，妳們絕對不敢光明正大的收情書，而且堂而皇之四處宣揚……」

半天沒人吭氣，我就知道已經擊中要害，暗裏偷偷得意一番。

就在不久前，我才收到一封所謂的「情書」。不知是何方聖賢，洋洋灑灑寫了一大篇愛慕景仰之類字眼的信，難為了這位朋友費了一番心意。實在說，這是一封格調不怎麼高的情書，換成年輕時的我，會氣惱，會大罵一句：「神經病，無聊！」

可是年過四十，居然還會收到這種信，只覺好玩，只覺有趣，忍不住想告訴別

人，想在已婚未婚友輩前炫耀一番。

忘了哪一年，鵜媽媽趙麗蓮博士說到她自己的一件趣事。她在電臺主持英語教學多年，每年總會收到幾封被她那一口清脆悅耳的聲音所吸引，誤以為她仍然綺年玉貌的愛慕者的「情書」。鵜媽媽也總不忘在年輕的女同事面前「展示」一番。實在可愛得緊！

身為女性，不管十八歲或八十歲，茫茫人海中仍然有一顆傾慕的心，一雙渴慕的眼，想必都是一件快樂得令人眼珠子發亮，虛榮得要死的事情。

當然，我——也不例外。

從小，白白細細、嬌嬌小小、愛笑、愛撒嬌、愛漂亮，溫柔起來十分迷人可愛，刁蠻起來也相當古怪難纏，十足一個嬌滴滴女孩兒。

這樣的女孩兒，自然是男孩兒心嚮往之的對象。他們喜歡有人奉承，說幾句甜言蜜語，也喜歡有人偶爾跟他們使使性子，小小折磨他們一番，好滿足他們幼稚的男性優越感，或者是英雄感！

其實，再醜再笨的女孩兒也照樣有人愛，何況是我，既不醜，也不笨，只不過，正像母親常罵我的那句話：「心給狗吃掉了。」

似乎注定是個沒有心的人，這一輩子就單單這種感情無處安置。小時候，玩伴極多，天生就有領導能力，總是有一幫人隨著我呼來喝去。那時女孩兒是不興和男孩兒玩的，男孩兒就遠遠跟在後面亦步亦趨。

就有這麼一個，默默跟了我一年，直到我搬了家，他仍會不時到舊居等我。三十年後，他登報找我，四處打聽我，總算聯絡到。可是，我完完全全不記得這個人，而他卻記得我的聲音和三十年前一模一樣。

有一回，不知誰用紙彈彈我，我跳起腳罵——小時候撒起野來是相當兇悍的。拾起紙彈，發現上面幾個歪歪扭扭的字「你很美麗」。我忙著揉搓胳臂上的痛處，紙條隨手扔掉，始終也不知是誰家英雄好漢的傑作，想來，這是我第一封「情書」。

四年級時，學校選了幾位同學準備參加書法比賽。從小就被母親逼著練字，也是候選者之一。每天下了課留在學校裏「賽前練習」，同時選上的共有四個男生四個女生。學校一向都是男女分班，如今驟然坐在一起，真是彆扭，只好都板著臉，楚漢分明，卻又忍不住不時用眼角的餘光偷瞄一眼對方。女孩兒向來忸怩作態，練完了字總是彼此「謙虛」一番。

「哎喲，妳寫得比較好！」

「沒有啦！老師說妳的字比較好！」

男生可沒這麼好修養，向來都是唯我獨尊、舍我其誰的大丈夫氣概。

「喲！你這種字還敢拿出來比賽呀？」

「笑話，你的字才叫做狗屎……」

有時候真吵起來，發現女生在看，才趕快收斂。每天老師都規定練多少字，練完了就可以回家。通常我都是最晚一個，這是我的老毛病，我沒辦法安安靜靜、規規矩矩坐在那裏不動，我也討厭老師教我臨的顏真卿，我不喜歡那種四四方方、又肥又胖的字。就像母親形容的「懶驢懶馬屎尿多」，一會去喝水，一會跑廁所，一會東張西望看天看樹，每次都是同學快走光了才急急忙忙的「照貓畫虎」。

有一天，天都快黑了，從來怕黑怕鬼的我心裏更急，一轉頭發現還有一個男生在，心略略定下。他也不看我，只是低頭專注的寫著，忍不住好奇的偷瞄一眼，這一瞄才教人大吃一驚，他哪裏是在練字，是在一張小楷紙上不停的寫著「劉俠劉俠劉俠劉俠劉俠劉俠……」

天又黑，偌大的教室只剩我們這兩個「孤男寡女」，而他又拚命寫我的名字，已經懂得胡思亂想的我焉能不給嚇得魂飛魄散，抓起書包逃也似的奔回家。

正式比賽的時候，只有三名代表，我和他都沒選上。

升六年級時，學校成立鼓笛隊，每天升降旗或是什麼慶典活動時吹吹打打一番，所有六年級的學生都必須參加。音樂成績好的去打鼓，剩下的全部劃做笛手。我沒什麼音樂細胞，唯一能夠完整的吹出一首曲子的是國歌，曲調簡單，拍子又慢嘛！好在吹笛子的人多勢眾，我這個「南郭先生」擺擺樣子也就混過去了。

笛子上有一小氣孔，是為讓氣流通過震動之用，通常會貼一小片紙膜，可是我們發現貼上竹子內層的那層竹膜時，吹出來的笛音特別圓潤好聽，沒事時，同學就三三兩兩去找這種東西，有的是把竹子一劈兩半，撕裏面的竹膜，有的是手指探進竹器口小心翼翼的把那層薄膜一點點揭下來。反正，得來匪易，每個人都當成寶貝。

我倒不用費心找，總是有一個男生自動送我。我個子高，女生排最後，再後面就是男生，每次他看見我笛子上的竹膜破了或掉了時，就偷偷遞過來一小片，很隱祕的，一直不曾給人發現，只是我也從來不敢回過頭正正經經看他一眼，更不要提和他講話。

生病之後，完全把自己與世隔絕，唯一的娛樂，唯一的消遣，唯一可以讓自己逃避或是平衡情緒的方法就是看書、看書、看書……先是母親四處借，借無可借時，正

好父親認識軍中圖書館的一位管理員，姓高，當時只是一名准尉，他不僅借書給我，並且有系統的介紹我看一些世界名著，以及五四前後的作品。每次他把書包好交給父親下班帶回來，書裏通常會夾一封短信，無非是告訴我書中重點，值得咀嚼的地方，或是教我看完告訴他感想等等，他是第一個教我從純消遣的看書進入另一個讀書境界的人。

隔一段時間，我也會回一封短信謝他，也略略說一點我對書的意見。不知道怎麼稱呼他，叫某某先生，覺得太過生疏，辜負人家一片熱心，叫他什麼大哥，又從來沒有跟人稱兄道弟的習慣，叫名字，不敢，也沒熟到那種地步。只好上款空白，什麼都不寫。

慢慢的，他的信裏會提到一點別的，知道他也寫一點詩什麼的。他的字跡有一點像現在三毛和司馬中原的字，字體斜向一邊，我不知不覺也在學他，有好長一段時間就是那種半邊身子傾斜一邊的字，直到後來有人懷疑我用左手寫字才改正過來。

他也來過家裏兩次，也不過二十三、四歲，現在回想起來他那時也只是個大孩子，但當時只有十五、六歲的我，卻只覺他有如夏夜星空，那樣高不可攀、遙不可及。

後來終於走上寫作一途，他的啟發、引導和鼓勵應該是最直接的因素。

二十二歲，腿部經過兩次矯正手術，行走自如，而且幾乎看不出有什麼「不正常」的地方，正是花樣年華，加上心情舒放，自有一種容光煥發的神采，我重新在男孩眼中找到往日那個熟悉的我。重新被讚美、被驕縱、被呵護，享受身為女性的特權，我也開始把自己打扮得漂漂亮亮，盡量發揮這種特權。

那段時期，大概屬於情書豐收季。只是我的心是脫韁野馬，無意被任何感情羈絆，反倒有種逃避厭棄的心理，別人只要多寫一封信或是多打一通電話，我就不耐煩了，人家割心瀝肝寄來一封血書，局外人都認為足以驚天地泣鬼神，感動得無以復加，偏偏我是冷心冷肝，一無所感。有時蠻橫起來，不講理的說：

「活該，誰招惹他們了？」

有一次，就真的對著人家吼起來。「你找錯人啦！」對方沒有說話，默默而退。我忽然懊悔，懊悔的不是我拒絕他，而是不該用這樣的態度。我清楚的感覺到自己的幼稚無知。

上天厚我，給我一張美麗的面孔。難道美麗是讓我抬高自己，攻擊別人的武器嗎？

上天也終於小小的懲罰了我，這顆冷硬如石頭一樣的心畢竟也有心動的一刻，誰知卻是個不能愛的對象。既知不能愛，便不允許自己的感情放任下去。然而，我可以用理智控制自己的行為，卻控制不了自己的心在夜深人靜時思念他。為什麼非得自己也走這一遭，才能徹底明白，原來，原來愛也是這樣教人柔腸寸斷的啊！

也終於明白，萬千人當中有一顆頻頻回顧、繫繞不捨的心，並非我是舉世無雙的那一個，而是上天的恩寵，幾生幾世修來的福氣啊！

不敢有一聲怨，卻是從這樣傷痛中學會一件事，不論以後是接受是拒絕，至少懂得去珍惜、去尊重，天地之間，這樣至情至性的付出都是一種莊嚴，一種亙古創世。

我把一封封情書用橡皮筋紮成一綑，鎖在衣櫃裏，直到搬上山前，才鄭重燒掉，看著它們化為灰燼，在風裏散去。

事情好像總是這樣。病情重時，什麼七情六慾都沒有，只想安靜，只想遠離塵世。等到病情好轉了，又覺得有這麼多事情想做，這麼多理想等待完成，哪裏有時間談情說愛。實在是個自私得捨不得放棄自己的人啊！

其實，婚姻若只是生活方式的一種，那麼，怎麼樣生活並不重要，重要的是活得快不快樂，能不能讓你感受生命盡情舒放發揮的滿足和喜悅。

能夠明白這點，就能自由去選擇自己的路，不跟自己為難，也不給自己壓力。

有時候，我們不需要把愛情的定義局限在那麼狹窄的範圍裏，如果異性之間能夠保持一分單純的喜悅和欣賞，那麼，天地雖大，何人不能愛，何人不能被愛呢？

不再年輕，日子卻依舊過得光鮮富麗，朝起看到鏡中不用化妝也自然泛起的紅雲，心中自是欣喜不勝。知道自己仍是美麗的，而且美麗的不只是容顏。一封情書，也不過印證這一點，給生活平添一些點綴，以及友輩前為之炫耀的理由。

很可笑的一種心態，卻不也表示對紅塵人世的熱切與眷戀不捨嗎？那樣切切於表現的，也無非是世俗女子一點小小的虛榮心罷了，又何足奇怪呢?!

除了愛，我一無所有

黑暗中，偌大的戲院鴉雀無聲。

沒有劇情，沒有演員，沒有煽情的床戲，沒有血腥的暴力場面，什麼都沒有。如果單單抱著看戲的心情，它，其實一點都不好看。嚴格說來，這只是一部紀錄片，記錄梵谷的藝術生涯。

只不過正好我喜歡梵谷，又正好在不久前才完整的看過他的傳記。喜歡他並不是因為他是一位舉世知名的大畫家，如今他一幅畫可以賣到五千萬美金，可憐他活著只賣出過那麼僅有的一幅，還多虧他的畫商弟弟西奧大力推銷。喜歡他是因為他對藝術，乃至對自己生命那份狂熱的追求與熱愛，從他的畫中可以清楚的感受到那份張力和跳躍的動感。因此，當銀幕一路追蹤著他生活的軌跡向前推動時，我便踩著他的生命進入他的心靈世界。

說起來很可笑，我並不十分懂藝術，我喜歡藝術家往往是情緒式的，勝過對藝術品本身的認識，在這一方面，應該是無可救藥的浪漫派吧！就好比我喜歡貝多芬，他的耳聾絕對佔了一個重要因素，想到他在貧病中「看到朋友能夠聆聽遠方牧羊人的笛聲，而他渾然未覺，就不禁心房碎裂」的情況下，仍然能創作出那麼多撼人心弦的作品，我的情感自然而然傾向他了。喜歡雷諾瓦是因為他在晚年和我得了一樣的病，兩手關節俱已損壞變形，以至於必須把畫筆綁在手上作畫，朋友問他，既然如此艱苦，何不放棄，他說「痛苦會過去，美會留下。」是的，他的痛苦已經隨著肉體的生命消逝，但他留下的美卻永存不朽，單單為了這句話，我能不認同他嗎？而喜歡布拉姆斯則純粹是因為他對克萊拉終生不渝的愛情，當年輕的布拉姆斯初初向舒曼請益時，便一眼愛上比他年長八歲的舒曼夫人克萊拉，明知這是一份沒有結果的愛，他仍然傾注所有，這是怎樣的一份掙扎和傷痛呢？及至舒曼過世，他協助悲痛愈恆的克萊拉走出自我封閉的世界，成為當代著名的鋼琴演奏家。克萊拉顧慮拖著八個孩子，家庭的負擔會毀了這位才華橫溢的年輕音樂家，自然至終不肯答應他的求婚，布拉姆斯只有把這份深沉的愛長埋心底，這樣一位懂得愛，又堅持愛的人，又怎能讓人不愛呢？

所以，喜歡梵谷，實在不是因為他的畫，而是他這個人深深吸引了我，而這部紀錄片，說是梵谷的繪畫生涯，毋寧說是他的生命寫照，全片從頭到尾沒有一句對話，所有的旁白都是取自梵谷寫給他弟弟西奧的信，是梵谷自己帶著我們透過他的眼睛、他的心靈去接觸他生活的環境，那塊孕育他成長，帶給他一生極大歡樂和痛苦的土地。

每一處風景，每一個畫面都是為了印證他作畫的背景與當時的情感。因此，從他的畫就可以看到他所愛的那些小人物，織工、礦工、農夫、妓女……他們卑微無助，被命運無情的踐踏播弄著，默默的生，默默的死。

他和他們一起哭，一起笑，一起掙扎，他就是他們中間的一個呀！他沒有錢，沒有固定工作，除了他弟弟之外，也得不到任何鄰里鄉黨的尊重和接納，像一隻被放逐的狗一樣四處流浪。

他曾經想做一名小小的鄉村傳道人，可是他厭惡那些假冒偽善的教會人士，他不明白，在神的國度裏，神不是一視同仁的嗎？何以人卻把他們分了那麼多階層等級？他到礦區幫助那些可憐的礦工，可是他受不了礦場老闆尖酸刻薄的嘴臉。他愛上親戚的女兒，那位高貴的小姐卻鄙視這個粗魯笨拙、一無是處的窮光蛋。這樣一個不合時宜的人，注定要被這個世俗的社會淘汰厭棄。

他的靈魂一次又一次的被撕裂著，強烈的愛與憤怒無處宣洩，最後像火山的熔漿一樣爆發出來，淹沒那一方方畫布，你聽得到他的吶喊和掙扎嗎？

哦，他簡直不是在畫，他從來沒有刻意去畫，所有的繪畫理念和技巧對他而言一點也不重要，他沒有畫，只是把生命血淋淋祖裎在眾人面前，畫刀切割著自己的心房，所有的顏料便自那裡傾洩而出。

在昏暗的燈影下沉默操作的織布工人，織布機像一頭巨大的野獸將人吞噬，農夫在田裏辛苦勤勞的耕作一天，才換來幾粒馬鈴薯果腹，妓女腆著不知誰是父親的大肚子等著一塊麵包的施捨，而他們全都無怨無尤的向命運妥協，梵谷不肯，他要抗爭，要訴求，要高聲呼喊，他用畫筆代替了文字，他做了這些無助的人的代言人。

只剩下最後一塊麵包，也不吝惜與人分享，沒有禮物討好女朋友，就割下自己的耳朵，即使在這樣窮困潦倒的時刻，也未曾忘懷和他一同受苦的朋友，雖然他是那樣不能被這個世俗的社會相容。但是，他還是堅持愛的權利，他告訴西奧：「除了愛，我一無所有。」

就好像他最常畫的題材向日葵，其實，他自己何嘗不是一株向日葵？在陰暗的生

活環境與人性的醜陋中，努力追求生命的光和熱，他說「我是從黑暗中捕捉光明。」

一直到今天，他的畫仍然輻射著強烈到近乎痛苦、要把人活活炙燒一般的色彩，尤其令人驚訝的，他不只是位畫家，而且是位出色的文學家，他寫給弟弟西奧的上千封的書信，封封文情並茂，誠摯感人，隱含了豐富的哲理性，你可以深深體會到那一顆單純質樸的心鮮活的跳動，他一點也不肯掩飾自己的愛與憎。

愛，成了他的宗教他的神，他相信「只要有活人的地方就沒有死亡。」那一剎那，我的眼淚噴湧而出，這是怎樣的一個人呢？我已經太久太久沒有流淚了，其實，不只是我，有太多的人已經不習慣流淚，不需要流淚，也不會流淚了，這是一個沒有眼淚的世代。長久以來，我們被太多太多繁瑣的事物纏繞，每天機械式的生活，處理那些永遠處理不完的愛恨恩怨、功名利祿，就像聖經上說的「我們樣樣都有，樣樣都沒有，看起來活得很豐富，卻貧乏得可憐。」我們的愛逐漸變得公式化、教條化、口號化，在我們的四周，充斥太多虛偽廉價的感情，太多蒼白貧血的文學藝術品，我們心已經僵冷硬化，很少感動了。

一位年輕的畫家封筆多年，我惋惜他的才情，勸他不要輕易放棄，他赧然的表示，今天的畫壇競爭太過激烈，壓力太重，想要出人頭地、佔一席之地太難了，我問他，單單為畫而畫不好嗎？他默然不語，我亦無語。

我忍不住歎息，今天還有幾個畫家能像梵谷一樣不為功利而畫呢？儘管有人認為，梵谷的繪畫生命只有短短十年，他死得太早，否則他的創作量一定更豐富、更驚人，我在想，他若像畢卡索、達利一樣長壽，生前即享有大名，會不會在世俗的薰染之下，晚期的作品也多少帶有商業的色彩呢？那麼，梵谷的早逝，到底是幸還是不幸呢？

我總算明白我為什麼喜歡貝多芬、雷諾瓦、布拉姆斯、梵谷他們了，我喜歡他們清純的生命本質，至情至性，誠實無偽的心靈，誠如一位藝術家說的：「藝術最大的價值不在藝術品本身，而在藝術家對藝術的認知和執著。」梵谷，他不是在畫，他在愛，在生活，只有這樣熾烈的愛，這樣扎實的生活，才有那樣厚重有力的作品。

經過了整整一百年，這個世代仍然國與國攻打，民與民相爭，自私、貪婪、虛偽、狡詐，人性的敗壞墮落一點也不比當年梵谷的時代好。而愛，是我們唯一的堡壘。

讓我們堅守這最後的據點吧！真的，除了愛，我們已經一無所有了。

看雲

小時候的我，白白細細，嬌嬌小小，會哄人，會撒嬌，還會哭——一碰江河千萬里。

再加上膽小如鼠，怕黑怕鬼，怕一切會動的東西，包括剛出生的絨毛小雞在內。唯一不怕的是人。

第一次住醫院，從來黏在父母身邊沒有離開過一步的我，像是給人一刀切斷了臍帶似的惶然無助，偏偏遇上不識相的同房喋喋不休地大表同情：

「妳一個人住院怕不怕呀？這麼小就離開家，好可憐喲！」

每每是在晴空萬里的時候，一下子給他說得風雲變色，大雨滂沱。真想找個什麼東西塞住他的嘴。

初初開始，還未認清病的厲害，只是給每日不斷的檢查折騰的煩不勝煩。每晚躺在病床的大蚊帳內，就是扳著手指數算聯考的日子，算完了聯考又算放榜，算著算著，夏天過完了，秋天也過去了。

想起同學們一個個意氣飛揚地開始他們的新生活，我卻敗兵似的住在醫院。多少日子的準備，三更燈火五更雞的努力，全白費了，就像一個中途被迫退出比賽的選手，我不怕激烈的競爭，我只是不甘心就這樣莫名其妙的被取消資格呀！

出院回家，霍然發現我所有的課本、參考書，連同書包一股腦給母親送了鄰居小孩，心中大慟，難道母親真的認定我永遠與學校絕緣了嗎？可憐最後一點攀附的希望也給斬了根。往後，我才逐漸意識到我這一生所要失去的絕不只這一點點。

年輕時的母親脾氣急躁、性情剛烈，沒有小孩不怕她。醫生為了尋找病源，把我的五臟六腑全翻江倒海仔細檢查，查到了膀胱，我受不了了，當然也是痛，也是怕，也是撒嬌，想尋點安慰，就抽抽噎噎地哭起來。可是母親也累了，也許在她的生命也從未遇到如此令她無法負荷的重擔，她厭煩不耐地喝斥我：

「不要再撒嬌了好不好！」

我的哭聲倏然而止，就在那短短的一秒鐘，我從一個十二歲的小女孩成長大人。

從此，我不曾在任何人面前為我自己流一滴淚，訴一句苦。

如果連我最親近的人都無力承擔我的眼淚，那麼，這個世界上還有誰呢？生命的沉重和無奈就在於你必須背負你自己的十字架啊！

那一年，母親三十六歲。

對她，對我，這都是一場磨難，一場浩劫，一場生死輪迴。

突然之間，我變得什麼都不在乎，什麼都不怕了，面對病房裏人生人死，竟然也可以無動於衷。有一晚，我到醫院大門外買消夜，因為腿痛，懶得走正路回去，就抄院側小徑，經過大廚房時，不知道哪裏竄出來個十七、八歲的小混混，站在牆角對著我玩他的下體，他大概以為我會尖聲大叫，或是驚慌逃跑，結果什麼都沒有，我只定下腳步，狠狠拿眼挖他，他一定是被我的眼神嚇到了，慌忙拉起褲子就跑了。

我恨恨地走回去，誰面前也不曾提。才十三歲的人哪！

另一回，是福利社老闆。醫院伙食不大好，我們總要另外叫點東西，福利社老闆便頂著大食盒一床一床的送。忽然有天鄰床的老太太告訴我，福利社老闆不規矩，每每在喊我「小姐」時，尾音又輕佻地加了個「姐」字，我自己倒沒注意，後來仔細一聽，果真如此，也不動聲色，隔了兩天中午，正一屋子的人，他又來了。

「小姐——姐！」

我猛地一轉身，冷到極點的問：「你剛剛叫什麼來著？」他不防，臉刷地一下脹得緋紅，在幾十隻眼睛的瞪視下，嗯嗯啊啊尷尬地退了出去。下午，他特地來道歉，說是當時喝了點酒，酒後失態等等，我也不理他。

結果，他到處跟人說我厲害，沒見過一個小姑娘這樣的。我哪裏是厲害，只是一肚子無以名狀的怨毒，誰敢惹我，就一刀子捅過去。

面對一個妳看不見的敵人，無法扭轉的劣勢，妳竟然不知道要找誰理論。除了滿心的忿懣，只有深沉的悲哀，悲哀自己的無能為力。

我其實不知道，母親早就把她的個性一絲不剩地遺傳給我，這一點也是後來才逐漸發現的。

小學三年級時，上課講話，老師打了我三記手心。老師是流亡學生，沒家沒眷，拿我當自己親人一樣的疼，常常在抽屜裏藏一點小點心偷著塞給我。可是那天他竟然打了我，竟然當著全班四十幾位同學面前打了我，這是我從未有的羞辱。

老師自己也後悔了，中午放學的時候，他叫住我。窗外正下著小雨，我到教室後面取雨衣，聽見他叫，只回過臉冷冷看了一眼，便頭一甩走了。

半路經過一家西藥房，特別在店前的大鏡子裏照了半天，確定自己不會露出任何的蛛絲馬跡，才神色自若的回家。

後來聽同學說，老師大哭了一場，但我仍然不能原諒，整整一個學期，我沒有跟老師講一句話，他吩咐我的事，我照做不誤，就是不睬他，不拿正眼看他。

五年級美術課，要繳圖畫，同學懷疑我的畫有人捉刀，我大怒，一把揪住她的頭髮就打了起來。兩個人從教室打到走廊，從走廊打到庭院，幾班的學生裏三層外三層的圍著，連老師們都跑出來看熱鬧，怪的是沒有一個人想到要拉開我們。一直打到上課鐘響，才不得不罷手。

回家之前，我仔細把衣裙整理平展，破損的地方找針縫補，不讓自己露出一點破綻。

在外人眼裏，我永遠是一個靈巧乖順、快樂合群的小孩，不知道在柔弱的外表下也有那樣一顆剛烈的心。如此矛盾對立的性格，怕也是注定要孤獨一生吧！

從小到大，我的朋友極多，總看見我帶著一大幫朋友瘋來瘋去，不料瞬間煙消雲散，從無一人真正進入我內心深處。

反倒是姊姊，木訥寡言，卻是自小學以至大學，每一階段都有幾位生死之交。

生病之後，我把自己陷入一個完全孤絕的世界。每天，父親忙公務，母親忙家務，兄弟姊妹各自忙他們自己的天地，我獨坐無語。我的沉默逐漸引起父母的憂慮不安，父親常常為了希望我講一句話而央求我。

唯一想到的只有死，卻是遲遲不能動手，不是怕，而是隱隱約約有股不甘。想來這樣一個打落門牙和血吞的人物，這樣一個胸中怒火熊熊燃燒的人物，也不是那麼輕易肯放棄自己的。

然而，無法宣洩的湖泊，總有一天會氾濫成災。我自己亦是越來越恐懼，不知道什麼時候會爆炸、會崩潰。

人為什麼受苦？受苦的意義在哪裏？

人生一世，難道真如希臘神話中那個不斷滾石上山的巨人一樣，只是一場徒然的掙扎嗎？

從小大舌頭的小弟，結結巴巴在我面前背：「天降大任於斯人也，必先苦其心志，勞其筋骨，……。」

我知道他是背給我聽的。可是我不要做偉人，我只要做凡人，平凡的生活，平凡的愛啊！

多少時候，我彷彿走在荒漠之上。四野無人，孤單寂寞，掙扎著一步步前行，我多麼累，身心俱疲，深深的倦怠使我只想停下來，躺下來，什麼都不管。

可是內心深處總有一股無形的力量驅使，不能停頓，不能放棄。前進或許還有一線生機，放棄則是死路一條。

我不敢回首，恐怕失去舉步的力量。

走著走著，突然有一天，驀然發覺，不知道什麼時候，我已走過最艱難的一段路程，遙望回程，簡直不敢置信自己是怎麼熬過來的，儘管精疲力竭，卻也欣然沉醉。終於過來了，真好！

原來，造物主本無意要我們受苦，受苦往往只是一個過程，藉此幫助我們找到自己，認識自己，並且肯定自己。

明白了這一點，重擔就減輕，力量就產生，希望就滋長。

最重要的是，你會發現——就好像大地旱到極處，卻發現仍有地下水可用，生命到了絕境，內在的潛力便勃發而生。

生命亦如泉水，你取用的越多，流出來的也越多，你不用，它就凝止不動。

蛹化為蝶，即不為繭所困。最難的是那一道關卡，只要掙扎過來，天地就在你眼前無限盡地展開。

初病的那幾年，母親內心也壓抑著莫名的鬱結，常常在疲累中怒極大喊：「我是牛，是老奴才啊！」

那一聲聲對我猶如利刃割心。

母親亦是在掙扎之中，我看著她受苦，無能為力。直到她自己突破那一道無形的障礙。猶如千迴百轉的激流終於注入汪洋大海，寬廣平靜，無所不容。

我們各自歷練了自己的人生世界。

從小，我頗以自己的容貌自負。

然而，隨著病情的加重，藥物的副作用，牙關節的變形，長期側睡的結果，使得這張臉逐漸失形。有一段時間，我簡直恨死了自己，誰給我拍照，我就翻臉。

有回在榮總做水療，幫我做運動的小姐打趣我：「好一條美人魚！」

我白她一眼：「什麼美人魚，死魚一條！」

說罷自己倒先忍不住哈哈大笑起來，這一笑百無禁忌。

慢慢地，我也發現自己越來越不在乎別人的批評和傷害，甚至可以興致盎然地從另一角度打量自己。

前年，承蒙好友推薦，僥倖獲得一座小獎，沒想到我這個簡直可以說與世無爭的人，竟然也挨了不少冷嘲熱諷。

我玩笑地對母親說：「居然有人嫉妒我了，可見我真是有點了不得了！」

一位文壇老友不知得罪了何方神聖，給人在報上罵了一頓，氣得打電話找我訴苦，我劈頭就是：

「唉呀！恭喜恭喜！」

他大叫起來：「我挨了罵，妳居然還恭喜我！」

我戲謔地說：「這就表示你已經有了挨罵的資格呀！」

朋友不甘心，直說要寫篇文章罵回去，我勸他算了。有的人吃飽飯撐著，專以罵人消遣，我們何苦跟著蹚渾水。再說，要做的事情這麼多，那有時間精力浪費在這些瑣瑣碎碎的事上。

很多時候，荊棘原是我們自己栽植在心中的。

什麼時候你能勘破人事上的是非恩怨，自然覺得心平氣和，海闊天空。

病了近三十年，雖然在我的生命中，沒有浪漫，沒有放縱，便連恣意瀟灑一下亦是奢侈。有一回，山上的畫家朋友邀我去他家賞畫，窗外正是五月黃梅，我不禁猶豫，畫家說：

「下雨有什麼關係，才好啊！」

藝術家多的是率性而為的性情中人，臨風起舞，對酒當歌，說不盡的風流寫意。小徑漫步，無邊絲雨，在畫家的眼裏又是何等詩情畫意。

可惜的是我的關節承受不起這樣的豪華享受，縱有滿心的詩意，只怕換來滿身的濕意。

畫家朋友終於沒有再約。

許多朋友常憐惜我病得辛苦，不能跑，不能玩，其實我自有我的大千世界。貝多芬譜「快樂頌」時，兩耳已完全失聰，聽不到一絲音響，但音符就在他心中、在他生命的血脈之內。

山也罷，水也罷，詩也罷，畫也罷，都在我胸中，自成宇宙。

這麼多年來，儘管實際生活猶如囚居，受制於那一床一桌之間。然而，眼中有牆，心中卻是無牆。台北昏暗小屋也好，山居明亮大房也好，對我都是一樣。

我幾乎可以用一種超然的眼光來看自己，彷彿我和我的軀體已經分家，它是它，

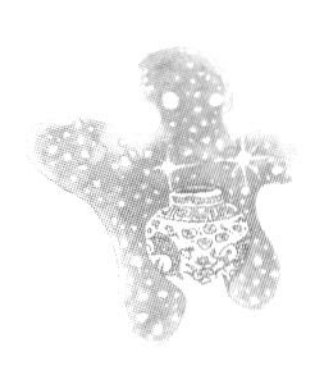

我是我，我們分別生活在兩個不同的層次裏，除非它痛得實在厲害，否則很少會干擾到我。

每天清晨，我看到自己一張潔淨飽滿、新鮮得猶如剛從樹上摘下來的桃子一樣的臉，心裏常有一種莫名的喜悅和感動。生命於我彷彿變成一種神祕的試探。我不知道我的信心有多大，耐心有多久，韌力有多強，除非我嘗試。

除非我自己去面對我的生命，藉著不斷的摸索，不斷的學習、不斷的發現來肯定我自己。每一次的超越都是一種蛻變，每一次的突破都是一種再生。

我真是覺得自己好似得著了沈萬三的聚寶盆，每一天都有一個全然嶄新的生命跳出來。而生命的真實就在這一點一滴追尋的過程中逐漸顯露出來，你能確實體會並享受到它的美好。

我們不知道，我們實在就是自己的敵人，掙扎一停止，甘甜就出來了。

當然，也不是從此就是康莊大道，也不是從此就沒有爭戰，還是有，只是你會發現痛苦也罷，眼淚也罷，沒有什麼能再損你絲毫。

苦難猶如一張濾網，將生命中的雜質一點點濾去，剩下的便是清澄如水。

直到此刻，我才霍然領悟，我們汲汲追尋的天國原來就在我們心裏。

我們若是不能找回心裏的伊甸，有一日便是真的置身天國，也是枉然。

「行到水窮處，坐看雲起時」，在人生的旅程上，有時候我們真以為走到了絕境，其實，也正是另一種人生的轉承。

——原載《中央副刊》

感謝玫瑰有刺

1

清晨，常和孩子們一起唱一首「感謝歌」，每次唱到「感謝神賜溫暖春天，感謝神淒涼秋景；感謝神禱告蒙應允，感謝神未蒙垂聽，感謝神路旁有玫瑰，感謝神玫瑰有刺……」就有一股溫熱的淚水忍不住要從眼穴翻湧而出。

曾經，是那樣的不明白，為什麼感謝了溫暖的春天，還要感謝淒涼秋景；禱告蒙應允，自是應該謝天謝地，然而沒有應允，不該是忿忿不平、怨聲載道嗎？為什麼要感謝？何必要感謝？玫瑰花的芬芳美麗人人喜愛，但誰會喜歡它的刺呢？

那時候，是太年輕，年輕得不明白所有的溫暖和淒涼，所有的成全和未成全的，所有美和不美，歡欣和哀愁的都可以並列一起……直到我自己經歷了那些刺，那些尖銳的痛苦，以及傷痕。

初病時，非常自卑學歷的不如人，國小畢業，多麼卑下，多麼寒傖，同學來看我，我抵死不見，我不要看見他們臉上的笑容，不論是同情是憐憫是友善是關懷，於我都是一種刺痛，一種羞辱。

每天算著日子，算著他們該考試了，算著他們該放榜了，報紙卻是連碰都不敢碰，生怕在上面看到熟識的名字，每一個字都是一根刺，刺在我血跡斑斑的心上。

是不是就因為這樣的貧厄不足，才力加彌補呢？那段時間看書看到癡狂的地步，也不懂什麼好不好，正當不正當，只要是有文有字就不放手，哪怕是剛剛包了油條骯髒油膩的舊報紙，也是狼吞虎嚥捧讀再三，填補永不饜足的心靈。

早晨六點不到，家家戶戶尚在酣睡之中，不需要鬧鐘，亦不需要母親呼喚，一個人獨自摸黑起床收聽教育電台齊鐵恨老師的「古今文選」，即使寒流過境也不曾漏過一天。三年如一日，我是他不繳錢的學生。

晚上，一家人都睡了，也只有我在燈下寫寫看看。從來沒有人逼過我念書，甚至，父母只會央求我：「好了，早點休息吧！不要太累了！」見我精神有所寄託，父母毋寧是歡喜的，卻又擔心我沉迷過度，不克自拔，天下父母都是一般樣的矛盾心理。

似乎很自然的就這樣給自己走出了一條路，而居然，「北投國小畢業」這六個字有了一層不同的意義。

僅僅小學畢業，不也表示，這以後的學問都是自個兒修的，別人學問好，那是因為他們面前早已鋪陳好一條路任他們走，而我的路卻是自己摸索，自己開天闢地一山一石鑿創而成，一路上自然有我的淚水汗水寂寞辛酸，然而，回頭再望，何處有血跡有傷痕，不也是無限的寬廣，無盡的風光明媚嗎？

一直到今天，讀書寫作對我仍是最大的娛樂及享受。只要給我一本書、一疊稿紙、一枝筆，我可以靜坐終日，不知日月乾坤。

2

那天，孩子說有話告訴我，囁嚅了半天，卻說出一句叫人心幾乎為之碎的話：「你們不要對我太好了，太好，我會受不了的……」

生下來四肢畸形，父母棄之不顧，從小在救濟院長大，沒有人把他當人看，辱罵、毆打，像狗一樣的喝斥著，他已經習慣於這樣屈辱的生活，甚至覺得他這樣的人就是應該理所當然的接受這樣的待遇，他連什麼叫做公平不公平都不懂。

因而，只要有人對他一點點好，一點點關懷，也不過是人與人相處的基本態度，在他都是意外。他惶恐，他不安，他承受不起，他竟然要求我們「別對他太好了……」

也就在同一天，一位朋友鬧情緒，說他「不想看到別人，也不想看到自己，他誰都不想看到，就把自己封閉起來了……」

我忽然有著莫名的憤怒莫名的悲哀，不知該向誰發洩、向誰抗議。這位朋友，會寫詩、會畫畫，又有妻又有子，不愁吃也不愁穿，不瞎也不瘸，人生幾乎都被他佔全了，還求什麼呢？而他居然有權鬧情緒，有權心情不好，有權誰都不理……他竟然有權這樣折騰自己，實在是福氣啊！

而我的孩子們，他們流淚，別人說他們自卑，他們發怒，別人說他們乖張，他們把自己無奈羈困家中，別人說他們孤僻不合群，在他們傷痕遍布、心神俱碎的時候還要微笑，還要挺起脊骨表示他們「殘而不廢」，表示他們不輸給一般「正常人」，有誰知道這是怎樣的一條路啊！

永遠忘不了那一年，我在父親、弟弟的陪伴下前往參觀六十年全國經濟大展，萬

萬沒有料到竟然被拒，硬生生被拒在大門之外，理由是「這個樣子進去不好看……」父親暴跳如雷，滿街的人潮像是看馬戲一樣的興趣盎然，一道道目光有如烙鐵似的烙在我身上，火燒般的灼痛是一直痛到心肝肺腑的啊！

我終於明白了，他們拒絕的哪裏是我，他們拒絕的是「殘障者」這三個字。那一刻，烙鐵把我和千千萬萬個孩子牢牢銲接一起，就像他們自己說的，我們是同一國的人。劍斬不斷，刀切不開的血肉相連。

也終於明白，耶穌為什麼要到地上苦苦走這一遭，身為神子，他可以不必來的，也可以不要來的，而他竟然來了，委身為人，經歷人的生老病苦，人的酸甜苦辣，被羞辱、被鞭打、被活生生釘死在木頭十字架上，為的是透過大苦難去拯救大苦難，透過死亡詮釋生命的意義。在我們陷身黑暗深淵再也無力自拔的絕望中，我們知道有人經歷過，有人在我們哀哭的時候和我們一同流過淚，在我們憂傷的時候和我們一同歎息過，因為他懂，因為他了解，我們就不孤單，就有勇氣舉步向前。前面，有無盡的期盼和希望展現。

當我面對這份工作，這些孩子，我也深切明白，不是「愛心」，不是「慈善」，而是在他們刀斧加身時和他們一同承受那份疼痛，在他們血滴成河時，也有我的血一同流淌。

神親自用刀子一刀刀將我逐漸雕鑿成祂自己的樣子。

3

有一回，某一團體要捐我們一筆錢，來參觀時就隱隱中一副盛氣凌人的傲氣，及至錢捐過來，更是財大氣粗的架式，也明知那是富人心態，不足為奇，心中仍不免有受傷的感覺。

若按以往的個性，早已拂袖而起，但事關伊甸，便只有隱忍下來。從來就不懂什麼叫做卑躬屈膝，從來就不懂什麼叫做仰人鼻息，連在父母面前輕易都不肯低頭的人，那一刻，真有英雄氣短之慨。

儘管朋友說：「你又不是為自己求一分一毫好處，這樣一想，就可以坦然了。」這樣一想，固然坦然。只是在面對一張施捨的面孔，一些輕蔑的言詞時，仍然五內翻湧，不能自持，仍然有著流血的刺痛。

每每在這種時候，會不由自主想起久遠前的一段往事。大概是我病後第二年，已經數不清看過多少中醫西醫，總也不見好，家中所有可以變賣的東西都典當一空，可

是父母只要一聽到哪裏還有方法可以醫治我的病，總也不肯死心的帶我去求治。

忘記是永康街還是青田街什麼地方，一座極大的宅院，也不是正規醫生，只是經商之餘研究的一點心得，不但診費免了，而且藥也奉送，走的時候又倒了半罐奶粉強塞在父親手中，我看見父親的難堪，父親的為難，父親幾度推辭不受，可是對方漸漸有些不耐了，父親一定是怕斷了以後的治療，只有接過手。回來的路上，父親一句話也不說，父女兩個都悶著頭，也不知那條路為什麼那麼長，總也走不完似的。

我頂天立地的父親，我清廉正直的父親，我守正不阿的父親，我寧肯丟官也不肯為五斗米折腰的父親，就在那半罐奶粉面前，放下他全部的自尊。

而母親，從小嬌生慣養的母親，從小心高氣傲的母親，從小才華出眾的母親，在最艱困的日子裏，她洗去鉛華，養雞種菜，為一塊二毛縫製一套衣服的工錢，幾乎把自己賣給成衣廠。

其實，我們從來就不曾真正窮過，不論家庭經濟怎麼困窘，我們的精神從未窮過，心理從未窮過，從小父母教導我們堂堂正正做人，清清白白做事，仰無愧於天，俯不怍於地，我們從來不屑於伸手向人。

我忽然發現，沒錯，我是他們嫡嫡親親的女兒，我剛烈的性情，不屈的風骨哪一樣不是源自他們的骨血，他們的精髓？當年，為了這個女兒，他們的心頭愛，他們甘願屈就卑微，甘願彎下他們輕易不肯彎下的頸項，他們甘願受傷，一無怨言。也或者，他們不覺得自己受傷，因為我是他們的女兒，他們理所當然的做了。

今天，是因為這些孩子不是我親生親養的，所以我覺得受傷嗎？倘若是我自己的孩子，在他們飢餓或生病時，我會袖手旁觀、棄他們於不顧嗎？我還需要維護我可憐的自尊嗎？如果是，我的愛還是有等級有差別的啊！

從來沒有一個時刻讓我感覺離父母是這樣近，這樣親密。「養兒方知父母恩」，雖沒有懷胎十月乳養的嬌兒，可是今天當我為孩子們不得不低頭、不得不開口的時候，當我將我的愛傾注在那些孩子身上，不悔也不怨的時候，我知道我是在還債，還父親的債，還母親的債，還他們山高地厚傾天倒海永世不盡的恩情。

就在那些傷痛中，我忽然懂得怎麼做一個母親了。

真的，我懂了。

4

秋天裏，我們辦了一次「親職講座」，母親是特別邀請的陪談員。這個母親，一

直隱藏在女兒後面，她的出席顯然比講員還受人矚目。

眾多家長急欲知道，在我三十餘年病榻中，母親是怎樣幫助我，造就了今天的我。

母親看我一眼，緩緩的說：「我最大的幫助就是不幫助她！」真正是語驚四座啊！母親和我會心一笑，笑裏有一份了解，一份相知，一份只有我們母女共享共有的親愛。

年輕時，母親嚴厲，幾乎是不苟言笑的。在父親面前，我們可以哭鬧，我們可以撒嬌，可以騎在他背上，蹂在身上。母親卻有她不怒而威的尊嚴，她是高高在上的神，我們敬她、畏她，多過於愛她。

父親的話，我們可以陽奉陰違，可以春風過耳，可是，對母親，我們不敢。母親規定我們幾點起床，我們不用吹號，就自動下床報到，母親規定誰灑掃庭院誰洗碗倒茶，我們乖乖服從，連背後埋怨都不會。

吃飯的時候，母親分派每人一張小桌一張小椅，一碗飯一碟菜，我們安安靜靜吃完，把自己的桌椅歸回原位。

母親的話就是命令，就是鐵律，沒有一絲一毫可以討價還價的餘地。我們，就在母親這樣的管教下循規蹈矩的長大。

我生病，母親在一年之內蒼老十歲。但是日常生活一點也看不出什麼變動紊亂。上學的，照樣上學，不上學的，母親分派我許多工作，包括掃地、洗碗、摘菜、拆補衣物，甚至她不在時煮飯給弟弟妹妹吃等等；慢慢的，母親把她自己的那一份工作也分一部分給我，像是督導弟妹功課、管理家用、參與家中大小事情等等；再慢慢的，母親不僅凡事徵詢我的意見，尊重我的決定，並且放手要我自己去處理、去擔當……母親逐漸隱退在我身後。

似乎，母親一直忘了我是一個病人。

年少時，常遺憾母親不夠溫柔，不夠慈愛，在我最需要流淚的時候，竟然沒有一個可供我流淚的胸懷，但是慢慢成長，我感謝母親的不夠溫柔，不夠慈愛，在我最需要流淚的時候把我自己流成一道牆，一道可以承受別人眼淚的牆。

5

每隔一段時間，讀聖經時，我總喜歡翻到一處，經文是這樣寫著：

又恐怕我因所得的啟示甚大，就過於自高，所以有一根刺加在我肉體上，就是撒旦的差役，要攻擊我，免得我過於自高。為這事，我三次求過主，叫這刺離開我。祂對我說，我的恩典夠你用的，因為我的能力，是在人的軟弱上顯得完全，所以我更喜歡誇自己的軟弱，好叫基督的能力覆庇我。我為基督的原故，就以軟弱、凌辱、急難、逼迫、困苦為可喜樂的，因我什麼時候軟弱，什麼時候就剛強了。

這段話是保羅說的。自始至終，保羅沒有說明那根「刺」是什麼，但以保羅那樣一個靈性剛強、信心堅定的人，竟然以「刺」來形容，並且求了三次要刺離開，可以想見給予他的痛苦是多麼尖銳強烈。他掙扎，他逃避，最後他終於明白，人世間有一些東西是逃也逃不掉的，他接受，並且坦然的面對這根刺，溫柔而堅定的，刺遂成為他生命的一部分。

每次讀到這裏，心裏總像被什麼輕輕牽動，彷彿那不再是歷史上一則故事，不再是一個長久以來被人複誦的名字，而是我心中一段邈遠的往事，也有我的跋涉和風塵。

病中三十餘年，刺豈只一根，又豈只求了三次、三十次？但我不再求了，如果說，這根刺能令我更謙卑；如果說，這根刺能令我更柔和；如果這根刺能令我的心更溫潤的去貼近那些需要貼近的人，我的情愛如傾注的泉水去清涼那些需要清涼的人，那麼，就讓我順服，納刺於身，納刺於心，即使心房碎裂、流血死亡，也讓我無悔無怨，歡喜甘願。

世途漫漫，固然有陽光的晴和，花香爛漫，卻也避免不了荊棘和蒺藜，我們永遠分辨不出哪一樣教導我們更多。所以，在我們感謝玫瑰的同時，也讓我們感謝它的刺吧！

輯三

與信心同行

致戰友書

——寫給所有身體殘障，在逆境中，奮鬥不懈的朋友

三月十二日晚間，我的腿正痛得厲害。

今年開年以來，我還沒過過一天好日子，先是左腿痛，痛得我如坐針氈，接著莫名其妙又發了場高燒，到了三月份，右腿又開始大痛特痛起來。

春節時，香港的朋友送了我一隻陶瓷小蝸牛，我啼笑皆非地說：「我的動作已經夠慢了，這下豈不是更慢了？」沒事時就哼著那首兒童歌曲：「蝸牛背著重重的殼，一步一步的往上爬……」真好像自己也成了那隻小蝸牛。

近五、六年來，我只有右側睡勉強可以入夢，其他的部位只能「小憩」一下。長

期側睡的結果，右臉都給壓得歪到一邊，沒辦法，窮則變，變則通，乾脆在枕頭上挖個洞，剛好把臉頰放進去。

而今右腿一痛，簡直教我進退失據，左右為難，不知如何是好。偏偏這一陣子事情奇多，為了要出版一本新書，從抄謄、校對，到接洽打字行、印刷廠等等大小雜事全是我一手包辦，真成了諸葛亮的徒弟，食少事繁，事必躬親了（再這樣下去，大概離鞠躬盡瘁、死而後已也不遠了），加上給黨史會的一本小書，早已過了繳卷的時間，而尚未動筆，心中又急又惱，我倒不是怕痛，病了廿多年，多少已經痛習慣了，可恨的是這一痛，又要影響我的工作進度，我實在是沒有時間生病呀！

持續了兩個星期，我平日服用的一些止痛及消炎藥都壓不住它，到了十二日那天，簡直痛徹心肺，連呼吸都不敢用力，緊急找醫生，沒想到醫生也生病了，一路電話追蹤，總算和醫生取得連絡，詳細把病情報告，藥也開了，問題卻來了，誰去拿藥呀？深更半夜的，山上交通又不方便，再痛一夜的話，非給痛死不可。

感謝上帝，救兵自天而降，侃弟突然自臺中回來，正好他有車，義不容辭、理所當然地跑一趟，我忙稱他是我的「救命恩人」，上帝派來的「天使」。

就在我痛得大呼小叫，一家人手忙腳亂之際，接到中央日報打來的電話，恭賀我

當選第八屆十大傑出女青年。

我愣了一下，半天才回過神，想到是怎麼回事。

也許是病得太久了，也許是痛得太厲害了，一時還感受不到喜悅的滋味。就好像百劫歸來的老兵，儘管勝利在握，卻已傷痕累累、精疲力盡，沒有精神狂歡，沒有心情慶祝了。

任何獎牌對於一位運動選手來說，可能是種極大的鼓勵，他可以為爭取這分榮譽而日夜苦練，然而，對於一位溺在水裏，為生命掙扎的人來說，怎麼樣活下去才是最重要的，其他的都是次要的。

爸爸雖然年屆七旬，仍然童心未泯，記者招待會的第二天，興致勃勃地上街買報紙，報販子問他：

「你要什麼報？」

「你都有什麼報？」

「我這裏報很多。」

「每樣都給我一份！」

報販子瞪他一眼，八成以為這人神經有點不大正常。那天晚上，他抱回來十幾份報紙，令我不禁心酸，女兒不肖，這一生難得有幾次這樣讓老父興奮歡喜的機會。

媽媽只說了一句話：「兒啊！妳有今天，全是妳用痛苦和眼淚換來的呀！」說得我幾乎流下淚來。回顧這半生歲月，真可以說得上血淚斑斑。初病時不過十二歲，還是個少不更事的孩子，眼看著自己的關節一個個發炎損壞，漸漸地，腿不能行，手不能舉，頭不能轉，牙不能咬；漸漸地，連一杯水也端不動，一顆鈕釦也扣不上……每年數算戰果，總是丟城失地，損失慘重，到今天，全身幾乎找不出幾個完整的關節了。

因此，每晚的睡眠對我都變成一種痛苦的抉擇。

因為，不論你採取那一種睡姿，都會壓迫到關節，而關節炎病人最大的困擾，就是關節活動起來固然痛，不動的話更是僵痛難忍。於是一個晚上就輾轉反側、徹夜難安。但是翻一個身也照樣大費周章，先得小心翼翼挪到床邊，然後整個身子翻倒過來，過不了幾分鐘，等到這邊也給壓得受不住時，只好再翻。就這樣，睡眠被凌遲成一寸寸、一段段。

實在痛得厲害時，我寧可坐著。

朋友說：「不睡覺的時候可以寫文章呀！」

我只有苦笑。不睡覺的結果是腦袋裏的零件全部搬了位子，連講話都會顛三倒四，更別說是思考、寫作了。

對這類問題，我很少解釋。飽漢不知餓漢飢，一個健康的人很難體會即使是一夜安眠也是種極大的福分。

我把痛分成了五種，「小痛、中痛、大痛、巨痛、狂痛」，好像報漁業氣象一樣。在醫學界，「類風濕」是出了名的難以捉摸，它和天氣的變化、濕度等等都沒有什麼關聯，完全是來無蹤、去無影的武林高手。

有時是酸痛，有時是僵痛，有時你也根本分不清是什麼痛。加上關節的變形磨損往往壓迫到神經痛，輕則像針刺、像電擊，重則如刀割、如火燒，有時真感到自己的肌骨被活生生撕裂、剮鑽，痛得人汗淚交流，小便失禁。有一次，媽媽無意間在我腳底板發現一顆雞眼，是因為走路姿勢不正磨出來的，足足有一公分高，像根鐵釘一樣釘在腳心，使她大為心痛，不知我何以走路，但比起關節的痛楚仍然是小巫見大巫。我至今心臟不好，全是長期痛出來的。

實在痛極了，我就發狠說：「這輩子真該去做強盜的，拚著將來下地獄也不怕，反正剝皮抽筋，上刀山、下油鍋的滋味也不過如此！」

或是跟媽媽說：「媽呀！我要死了的話，妳要高高興興給我放掛鞭炮慶祝！」媽媽聽多了我這種諢話，見怪不怪，懶得理我。

但是無論如何，我絕不肯吃安眠藥，因為我得的是慢性病，長期依賴這類麻醉性藥物，很容易上癮，再要戒除就難了，我寧可痛，也不願妥協。生病有如打仗，如果是一場肉搏戰，短兵相接，或許可以一鼓作氣衝殺過去，最怕的是這種拉鋸戰，長期消耗你的意志，瓦解你的士氣，稍一不慎，就全軍覆沒，正如我國名軍事學家蔣百里先生說的：「不論勝也罷，敗也罷，就是不能同敵人講和。」

有時，真是痛得我火冒三丈，牛脾氣一發，反而豁出去了：「好吧！你痛，儘管痛吧，我就不相信你會痛死我的！」

怪的是你越怕痛，它越痛，你不在乎了，它好像也沒想像中那麼厲害了。

疾病雖然帶給我身體上極大的痛苦，尤有甚者，是心靈上的折磨和煎熬。尤其是初病的那幾年，面對著日益惡化的病情，一個活潑外向的人突然落入無邊的黑暗中，心情黯淡到了極點，甚至拿不定主意到底要不要活下去，但是想到爸媽，想到父親以一個上校軍官微薄的薪水，要供養四個孩子念書，還有我龐大的醫藥費，生活的窘迫可想而知。然而，父母愛女心切，只要聽到那個醫生好，就立刻請來治療，那個偏方

有效，也非得千方百計找來試驗，甚至連高山族的巫醫都請了下來。他們揹著我、抱著我在烈日下、泥濘的雨地裏四處求醫，汗流滿面，心力交瘁，但他們從未在我面前流露一絲愁苦之色。

家用入不敷出，媽媽不得已在院子裏養雞種菜，代打外銷毛衣，包被服廠的衣服回來做，家裏所有值錢的東西都典當一空，連媽媽一床心愛的湘繡被面都送進了當鋪。我永遠忘不了爸爸出公差時，連一碗牛肉麵都捨不得吃，只吃牛肉湯麵的情景，我也永遠忘不了媽媽給常鬧腸胃病的小弟擠一點桔子汁喝時，大弟急切地等在一邊吃渣的情景（因為那渣裏還有一點桔子的味道），可憐兩個弟弟到上高中還是穿著一圈圈像箭靶一樣補靪的褲子，但無一人訴苦，無一人抱怨，每一思及，我便心痛如絞，是我拖累了爸媽，剝奪了姊姊和弟妹們童年應享的歡樂！

我已經沒有死的權利，全家人為了我犧牲一切，付出了極大的心力，這不是一天、兩天，而是成年累月，無止休無止盡的付出，他們那樣想盡一切辦法醫治我，想盡一切辦法要讓我快樂，我怎能辜負他們、傷害他們？

「揚名聲，顯父母」，兒女的努力原就是父母的安慰，兒女的成功也就是父母的驕傲，我只有加倍用功，努力上進，要好，而且更好，多給爸媽爭一分光彩，給家人爭一分榮譽，我希望他們知道，他們花費的心血沒有白費，他們的犧牲不是沒有代價。

還有那來自世界各處的溫暖友情，多少人為我熱心介紹醫生，多少人為我打氣加油，多少人為我默默祈禱，其中有許多是我從來不認識、也從來沒見過的。一位旅居香港的讀者在看到報上有關我的新聞後，寫了一封信給我，他不知道我的地址，信封上僅寫著：「中華民國，臺灣省，臺北市，女作家杏林子小姐收」，這封信奇蹟似的在蓋滿郵局「試投」的戳記之後，輾轉投遞我手。信的第一句話就寫著：「我身在海外，心在祖國，故無時無刻不在關心祖國同胞的生活起居……」這封信看得我熱淚盈眶，後來，這位讀者帶他的兒子回國投效空軍，還特地來看我。我何其有幸，獲得這麼多朋友的關懷鼓勵。是的，有時候人與人之間不一定要相識，不一定要相見，然而，只要有愛，就可以心連心，緊緊相繫，天涯也咫尺。

美國前副總統韓福瑞在飽受癌症折磨十餘年後，說了一句話：「世界上最偉大的醫療方法就是友誼和愛。」我深深體會到這句話的含意。

我對這個世界虧負的太多，有責任要償還，為了這分愛債，我不得不勇敢地活下去。

當然，日子仍然很艱難，每天都好像打了一場艱苦的仗。我只是一個平凡的人，也會軟弱，也會心情煩悶，有時也會像一個敗兵一樣灰心喪志，但我該向誰流淚，向誰傾訴，向誰發洩呢？向父母嗎？不，他們這一生已經為我付出的太多，我何忍再加添他們煩惱？向朋友嗎？不，各人都有各人的重擔及難處，誰也無法替代誰，幫助誰，更何況沒有相同的經歷，也很難有相同的感受。

我只有向神祈禱，給我力量，給我勇氣，支持我不要倒下去。夜深人靜，當我面對著如墨似的長空，常常忍不住淚流滿面，我感受到祂就在我的身邊，了解我的委屈，我無告的痛苦，甚至當我疲憊得一句話也說不出來的時候，也唯有祂了解我確實已經盡了自己的力。

主啊！我把歡笑給了世人，把眼淚給了祢。

保羅說：「我們在一切患難中，神就安慰我們，好叫我們用他所賜的安慰去安慰那遭受各樣患難的人。」無可否認的，我比一般人更能了解一個殘障者的心理和需要，我常常想，神讓我遭受這樣一場大磨難，是否也有祂的用意在？是否也要我為祂做一點什麼？

十餘年前，我的病況一度好轉，曾參加了兩處傷殘機構服務。那時，傷殘重建工作在國內不過剛剛起步，當我走出可愛的小家，接觸到外面廣大的社會後，才發現這種工作的艱辛，荊棘重重。社會一般大眾仍然對於殘障者有著某種程度的歧視與排斥，我們被人當成外星人，當成機器怪人，當成了商店裏的風漬書、廉價布；只因為形體上的一點缺陷，我們成了次等人。

有一年，臺北曾有一次規模極大的經展，我坐著輪椅，興致勃勃地由爸和弟弟陪同前往參觀，沒想到卻在門口被擋駕了，理由是裏面正有要人參觀（所謂的要人，只是一群大學教授），我這個樣子進去不好看。父親氣得和警衛大吵起來，圍了滿街的人潮，那一剎那，我只覺得自己有如死過去一樣，竟然絲毫感受不到憤怒或傷心，只木木然看著喧喧嚷嚷的人群，看著陽光下暴跳如雷的父親，彷如幻境。最後，一位負責人看事情越鬧越大，無法收拾，不得不匆匆出來打圓場，答應父親讓我在晚上臨關門前半個小時進去參觀。我沒有再去，我不要像隻小老鼠一樣溜進去，他們也料定我不會去。

事後，弟弟還埋怨我：「人家不是答應妳晚上再去的嗎？」我一句話都沒有說。在人面前，我必須裝出一副若無其事的笑臉。

工作了兩年多，從許許多多殘障的孩子和青年身上，我也越發體會到生命的可喜

可貴。是的，我們或許失明，或許聾啞，或許缺胳臂少腿，但我們可以用耳朵「看路」，用指頭「讀書」，用手「說話」，用腳「寫字」。只要一息尚存，我們就有辦法克服困難，在天地之間為自己爭一線生機、一席之地。

有時候，活著比死需要更大的勇氣，但我們仍然堅持地活下去，以示對生命最大的敬意。

我不再只為自己、為父母而活，同樣的，我也為千千萬萬和我一樣身體殘障、在逆境中奮鬥不懈的人而活。你們都是我的戰友，在人生的戰場上，攜手並肩，向命運、向環境打一場美好的聖仗。

戰場上，一個逃兵往往會影響全軍的士氣，同樣的，一名勇士也會激勵伙伴們的鬥志和勇氣。

我願意為你們打頭陣。

雖然後來因為病情惡化而不得不離開這些可愛的孩子，但我發現自己還有一枝筆，仍然可以寫出鼓舞人心的作品來幫助別人，甚至於所接觸的層面反而更為廣大。

在眾多的讀者來信中，絕大多數都是身體有病或是心裏有疑難的年輕人，他們向我訴說心中的痛苦和徬徨，以及對人生的懷疑。有一位女孩子，由於感情上的創傷，自殺了三次，最後寫了封長信給我，要我告訴她生命是什麼，人活著有什麼意義，因為她正準備第四次走上死亡之路。

我告訴她，幸福是需要我們自己去追尋、去掌握、去創造的。對於已經發生的不幸或錯誤，任何懊惱、埋怨、悔恨、不滿都於事無補，要緊的是怎麼讓現在的自己和以後的自己活得更好、更快樂。

人沒有拒絕受苦的權利，因為我們的生存乃至於福祉也是別人用痛苦和犧牲換來的，如果我們只為一時的挫折打擊就不願活下去，如果人人都不願吃苦，那麼恐怕天下沒有一個媽媽願意生孩子，沒有一個工人肯去開山闢路，也沒有一個士兵願意保國衛民。

我們也永遠聽不到貝多芬的「快樂頌」，讀不到司馬遷的《史記》，欣賞不到雷諾瓦的畫。

《聖經》上說：「鼎為煉銀，鑪為煉金，唯有耶和華熬煉人心。」很多苦難在一時看來，或許是種不幸，但上帝也往往藉此機會磨練我們的信心，激發我們生命的潛能，發揮出生命的價值和光輝。苦難的本身並無意義，最重要的是我們是否可以從中學到一些什麼、領悟一些什麼、獲得一些什麼。大衛王對這一點非常了解，所以他

說：「我受苦是與我有益。」

我們對自己、對家庭、對社會、對國家，乃至於對全人類都有一分責任在，又怎能逃避放棄呢？

正因為如此，我對自己也不敢稍有一絲放鬆懈怠，每天總有寫不完的稿子，回不完的信。我的右臂由於寫字太多，一年四季都腫得跟石頭一樣硬，痛得無法彎曲，吃飯時必須放在桌沿上用力壓回來，每晚也非得累得頸子和背部的關節像火燒一樣痛時，才捨得罷筆休息。有回記者問我平日做何消遣？我告訴他幾乎沒有任何消閒活動，連到花園轉轉都沒有時間，唯一的「娛樂」是看本好書或是週末看場電視長片。不過，由於所做的工作都出於自己的興趣，所以也樂此不疲，不以為苦。

前不久，才有一位朋友訓了我一頓，教我以後眼光放遠大一點，少寫零零碎碎不成樣的小文章，也不要把精神浪費在這些沒有報酬的事上，專心努力寫一些真正具有文學價值的作品，可以流傳後世的……

訓得我唯唯諾諾，我多麼想告訴他，我「志不在此」，我從來不想做什麼大作家，也從來沒有文學的使命感，更不想流傳千古。我只是一名小小的作者，只想給人間散佈一點愛和溫暖、希望和歡笑，如此而已。如果做不到，那麼即使把諾貝爾文學獎的榮譽給我又有什麼益處呢？

病了整整廿六年，我失去健康，失去青春，失去求學的機會，失去行動的能力，人生最美好的歲月我都是在病床上度過的。但我也越來越發現，不論我失去什麼，也不論我失去多少，有一樣東西卻是任何人所無法剝奪、任何事所無法磨損的，那就是生命的意志。

一個人，只要有信心，肯努力，只要不看低自己，不對自己失望，那麼，不論遭遇何種打擊，處在何等環境，都能有所作為，出人頭地——「堂堂正正做天地間第一等事，為天地間第一等人。」

寄語戰友們，我們已經哭過了，現在，讓我們擦乾眼淚，如同總統在青年節前夕訓勉我們的，一齊努力！一齊勝利！一齊成功！

——原載《中央副刊》

打破的古董

「各位小朋友，這位是劉俠劉老師，從今天開始，劉老師要和大家一起上課，讓我們鼓掌歡迎劉老師……」

主任熱情的領頭鼓起掌來，底下零零落落的有氣無力的響了幾下便尷尬地沉默下來。我一個個看過去，高高矮矮、胖胖瘦瘦三十來個坐了一圈，有的茫茫然，有的木木然，有的心不在焉的東張西望。一路上緊張得把一條小手絹絞成繩子的我突然鬆懈下來。

「現在我們先請劉老師講個故事給小朋友聽好不好？」

「好……」仍然是小貓三兩聲。

「不好——」突然石破天驚的一聲，嚇了人好大一跳。

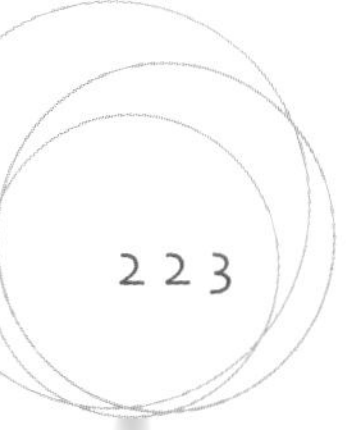

挨著臉一張張找。哈，終於找到了，躲在桌子後面，只留一對眼睛在桌沿上，黑亮的瞳仁透著狡黠不馴。

「又是你，李小傑，你說，為什麼不好？」主任有些慍怒地喝斥。

「不好就是不好，沒意思。」

他撈起枴杖往脅下一夾，一步就撐出去兩尺多，轉眼不見蹤跡。主任邊追邊回頭吩咐我：

「妳先說故事，我去抓這個小搗蛋。」

孩子們小心地研究我，我也研究著他們。大部分都是小兒痲痺，邊上一個男孩一直歪著脖子衝著我笑，我突然明白他是怎麼回事了。一個女孩的手不知為什麼沒有了，只在手腕處鼓起一個小圓球。還有一個兩腳嚴重畸形，手上套著木板鞋，大概是以手當腳，半蹲半趴在地上。看年齡大的都有十七、八了，小的好像還需要吃奶似的。

我清清喉嚨，這一群烏合之眾，故事倒該怎麼說法，講貝多芬、海倫凱勒嗎？他們一定聽過幾十遍了，我敢打賭，幾乎每個見到他們的「大人物」都會複述同一個故事。那麼講誰呢？心裏沒來由的一陣煩躁，決定誰也不講，單只講一些好玩的——

「很久很久以前，小河邊住了一個好心的男孩，他有一根奇妙的羽毛……」

孩子們的興趣一下子提升起來，一個個聚精會神瞪著眼睛聽。正講得起勁，又是一聲驚呼，一隻手的女孩指著邊上拚命傻笑的男孩驚惶地說：

「老師，張啟明他尿尿……」

我低頭一看，不得了，椅子下面正滴滴嗒嗒灘了一地水。連忙把他拉開一邊，抓了張舊報紙擦，不想又是一陣惡臭，順著褲管流下許多粘粘的黃水，我一個噁心，中午吃的飯幾乎全翻上來。

其他小孩像沒頭蒼蠅似的東跑西叫，亂成一團。

不知誰飛快找來主任，進門照頭就給他一巴掌。「大小便為什麼不說，啊？你，謝聰，還有你，徐士德，你們帶他去廁所沖一下，胡惠美去通知他爸爸，領他回去……」

主任快捷麻利的處理完畢，嘻嘻直笑的小孩也給帶走了，只有我手足無措愣在那裏。我從來就沒見識過這種陣仗。

那天，我像敗兵一樣逃回家，媽媽開門問我：「教得怎麼樣啊？」

我含糊地應著。「還不錯嘛！」

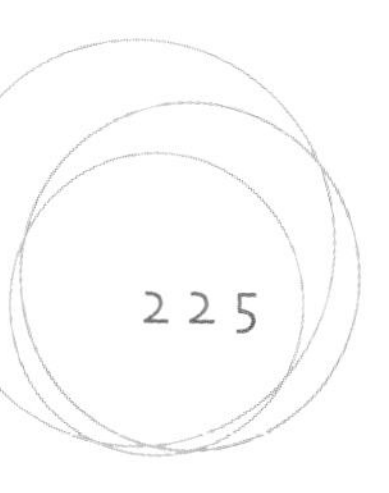

晚上躺在牀上，卻是灰心欲死。這一點也不像我理想的樣子嘛！雖然一時也無法確切地肯定自己的理想到底怎麼個樣子……

回想我初病時，曾有很長一段日子陷在一個完全黑暗的世界。等到我好不容易為自己掙扎出一線天光，才發現我已經從兒童期一腳跨進了成人期，所謂的「錦瑟十五好年華」早就不知失落何處。

民國五十四年，我的病有了很大轉機，兩腿各動了一次手術矯正後，竟然可以行走自如，就好像牢裏假釋出來的犯人，站在監獄的大門口，不敢置信的驚喜之餘，茫然四顧，不知何去何從。

爸媽要我到教會附設的幼稚園當孩子頭，好歹打發時間；朋友勸我補補功課，考個普考或高考，謀個終身。我問上帝，祢讓我經歷這一場生死大戰，僅僅只為這些麼？

我想到那些和我同病的孩子。因為我哭過、掙扎過，也曾為摸索一條生路而四處碰壁、頭破血流。他們不也有著同樣的心路歷程嗎？如果因為我的經驗和帶領可以使他們的淚少流一點，路平坦一些；那麼，我的苦難就不算徒然。

我找到兩處殘障機構，洋洋灑灑寫了篇〈殘障兒童重建工作之我見〉，陳述我的理想抱負。總算他們接納我這個沒念過社會學也不懂心理學的外行做兒童輔導——完全義務性的。

我實在是有滿腔的熱忱要奉獻的，可是，怎麼會是這樣一個亂七八糟的局面呢？教了不到一個月，小孩跑了三分之二，簡直潰不成軍。那天，另一位黃老師約了我下完課去抓逃兵。

大部分都是中下階層家庭的孩子。密壓壓的一大片違章建築，曲曲折折的小巷子，街上的垃圾，頭頂的萬國旗，雞鴨滿地走。一家家找過去，客氣一點的家長還有張笑臉看，不客氣的，一句「哪有那麼多時間送小孩去」，砰的門一關，不知有多少嫌惡不耐。

黃老師無奈地說：「他們只希望我們協助改善生活，醫治小孩，或是乾脆找一個可以收容小孩的地方。其他的，他們沒興趣……」

想想也是，連飯都吃不飽，還管什麼心理輔導不輔導；眼前的日子都過不下了，哪裏還有以後？

又找到一家，從來沒上過課的。小孩正在門口的草蓆上爬來爬去，爬得兩隻腳都扭曲了。地上一只鋁缽，吃剩的殘渣剩飯，蒼蠅嗡嗡直繞。

我們勸做父母的要給孩子裝支架、要給孩子上學、要……那位拉三輪車的父親，背脊微僂，鬢髮皆白，操一口四川土音，炒豆子似的。

「郎個我有什麼辦法，我六個小孩要吃要屙，張手就是錢，他龜兒子命不好，怨不得我……」

孩子漠然地看著我們來，我們走，彷彿局外人似的。我衝上街，恨不得對著滿街的人潮大喊：

「他是人，不是狗啊！」

那個張啟明也很久沒來，也摸不清是不是他父親又出公差了。隔了兩個多月，再見時原本一個白胖胖的孩子瘦得只剩一把骨頭，木著一張臉。吃驚的問，誰知張先生未語淚先流，四、五十歲一個大男人當著我的面痛哭失聲，哭得我尷尬困窘，不知所措。

原來，他因為公務太忙，小孩又多，實在照顧不過來，聽說有家育幼院專門收容這樣的小孩，就送了進去。

「規模很大，很有名哪！託了兩位朋友，講了好多人情才送進去……結果，裏面的保母虐待，小孩餓得在垃圾箱找西瓜皮和香瓜子吃。他雖然是個傻瓜，也是我的骨肉啊……」

張先生拉開孩子的衣服，要我看看身上的傷，背脊上兩道笞痕，手腳關節處三、四個香菸頭烙成的黑洞，已經結了疤，肚子上一道不知什麼東西戳傷化膿的瘡口，看得人觸目驚心。一霎時，我氣往上湧，腦袋像炸了一樣轟轟作響，一把拉起他的手就往外拖：

「走，我陪你們去驗傷，到法院告他們去！」

萬萬沒有料到，他像是突然被蜂螫到似的縮回手，結結巴巴地猶豫著。「這樣不好吧！鬧開了我怎麼對那兩位朋友交代，人家也是一番好意介紹……」

他說，他已經找過院長理論，院長答應「調查」這件事（院長整日坐鎮院中，會不知道這些事？根本是官樣文章，虛應故事），並且願意負責孩子的醫藥費。當然，院長也訴了很多苦，辦社會慈善事業的艱難，院內經費有限，請不到素質好的保母，有時難免缺乏愛心等等……既然院長這麼說，他也就算了，多一事不如少一事，得饒人處且饒人。

我悲痛莫名，這到底是什麼世界，什麼人心，難道這些孩子還不夠可憐嗎？他們犯了什麼罪要受這樣的凌虐摧殘？我實在恨中國人這種膽小怕事，凡事息事寧人的軟弱作風，以及「各人自掃門前雪，休管他人瓦上霜」的自私心理，面子和人情真的比數百名院童的幸福都重要嗎？我真想自己去告那家育幼院一狀，可是我既非當事人，又無憑無據，我拿什麼告人家？

那一陣子，我看誰都不順眼，看誰都想吵一架。

內心深處，有種無能為力、無可奈何的寂寞惶然，我不是上帝，無法創造奇蹟，而我又能給予孩子多少呢？

唯一令我安慰、支持我繼續做下去的是和孩子們逐漸建立起來的感情，他們像是關閉太久的房子一點一點向我敞開。小女生嘰嘰咕咕在我耳根上講悄悄話，連爸爸媽媽吵架的事也一五一十告訴我。那個專門跟人唱反調的小刺蝟，也慢慢收起他的刺，遇到他高興時，還肯幫我跑個小腿。

有一天，胡惠美——就是那個缺了一隻手的女孩——很認真地對我說：「老師，妳和我媽媽長得一樣漂亮！」

旁邊的小孩立刻起鬨。「亂講，妳媽媽早死了，哪裏有見過？」

「我有的，」她掙紅了臉辯白。「我常常做夢看到她。」

這個女孩，資料上說她六個月大時，家中失火，媽媽死了，她的手就是那個時候受的傷。這麼些年來，不知她夢中見過多少次媽媽？在她心目中，媽媽是神。

我紅著眼圈看她，又驕傲又悲哀。我不配，也永遠做不到一個母親的地步，我的忍耐仍然有限。遇到孩子們不乖，或是怎麼說也不聽時，我也會板起臉兇他們。有個男孩，都十四、五了，逃學、打架、滿嘴髒話，每次勸他，都是嘻皮笑臉給妳擋回來，有回我實在氣極了，狠狠罵他：

「一個人自己不爭氣，別人再怎麼幫忙都沒用，難道你一輩子要別人當你垃圾、廢物看？」

罵到後來，我自己倒先忍不住哭起來。孩子們靜默無聲，驚惶地看著我。我轉到洗手間擦臉，他跟了進來，我不理他。半天，他拉拉我衣角，怯怯地說：

「老師，對不起，給妳生氣……」

一回頭，迎著我的也是一臉淚光閃閃。我歎口氣，摸摸他的臉。「我不是生你的氣，我是替你擔心……」

他點點頭，一瘸一拐的走出去。那天，孩子們出奇的乖，我的心情也出奇的沉重。我們已經是沒有退路的人，掙扎向前，尚有一線生機，停下來便是死路一條。

然而，我應該提早把這個負荷壓在他們身上嗎？在屬於他們無憂無慮的年代去面對生之殘酷，還是為他們擋風遮雨，讓他們仍保有一分不解人事的童稚和夢幻？

我真的是矛盾了。

慢慢的，我們教出了心得，工作也上了軌道，還成立了個小小合唱團。好天氣時也會想辦法借輛大車載他們出去郊遊。小孩一個一個又回來了。

接著，中心正式聘我為顧問，兼義務工作組組長。報紙電視也紛紛訪問報導。有一天，我下班回來，家裏有兩位客人等我，他們是為了殘障的弟弟而來。

就這樣，我認識了蔡國瑞。

第一次見到他，是在他的病床邊，時間是民國五十五年初夏。他因罹患關節炎和神經炎癱瘓在牀，由於怕痛，長年躺臥不動，以致整個脊椎骨和髖骨大關節僵化硬直，連成一片，人像木板一樣直挺挺不能動。

對於一個二十出頭，正值青春期的大男孩來說，心情的沮喪與惡劣可想而知。他自卑羞辱，自覺是個見不得人的怪物。父母兄姊的安慰鼓勵，非但令他無法接受，反而覺得格外刺耳，暴跳如雷。

「你們又沒生過病，哪裏知道生病的痛苦？光會唱高調、講大道理……」

他的兄姊看到聯合報以及台視「大同世界」的報導之後，在束手無策之餘，找上

了我，希望我現身說法，親自去開導他。

當時，他們住在三重。他就躺在榻榻米上，濃眾的雙眉糾結，大眼圓睜，顎骨下兩片薄唇緊緊抿在一起，一眼就看出他的敏感倔強。根據以往的經驗，這樣的孩子最受不了別人同情的眼光和婆婆媽媽式的安慰。非得像是割治毒瘡一樣，一刀下去把膿放出來，否則越是怕痛，越是護著它，永遠都好不了。所以，我乾脆開門見山地說：

「決定你這一生是否是一個殘廢的，不是別人，而是你自己；別人拿什麼眼光看你並不重要，重要的是你拿什麼眼光看你自己。」

他蒼白著臉，一語不發。我想，大概已經擊中了他的要害吧！

之後，我忙自己的事，他的兄姊也未再和我連絡，漸漸也就忘了此事。直到那年聖誕節，不想忽然收到一張卡片，打開來是他龍飛鳳舞幾個大字。

「劉姊姊，我終於可以用自己的腳站起來了，……。」

我高興的叫起來，好小子，還真有志氣。

不久，他在台灣療養院接受整形外科手術，離我住所不遠，我順道過去看他，才知這半年多來他掙扎之苦。

敢情我那一擊下手太重，擊得他幾天幾夜無法闔眼，反反覆覆就是那兩句話在腦海裏縈來繞去。

就此安安逸逸的飯來張口、茶來伸手，不須面對屋外的風雨，人情冷暖。沒有成功，也不會失敗；沒有期盼，也無從失望。這也未嘗不是種人生。

然而，真的甘心如此了結一生嗎？在仍然青春的歲月提早為自己按下休止符，讓所有的夢幻、理想、熱情如同霪雨中未及綻放就已凋萎的花苞？這樣的人生啊！活著和死了又有什麼分別？

年輕的胸膛隱隱有股不甘屈服的頑強。但是，對於一個臥病數年，全身僵硬的人，重新訓練走路即是一項嚴酷的挑戰。

「我一想到劉姊姊都能，我為什麼不能，勇氣就來了。至少，再給自己一次機會……。」

由於他整個軀體像塊木板似的，根本沒法坐，只有先滑到床邊，斜斜的豎起來。肌肉早已萎縮，無力支持，常常只聽見轟然一聲響頹然倒下，迸得淚光四濺，是痛楚，也是難過。

光是站，就花了好幾個月功夫，終於可以抓住桌子站立起來。也因為兩腿無法邁開，只好用跳的，跳著跳著，就為自己跳出了一片新天地。

為了考驗自己獨立生活的能力，也為了磨練面對他人的勇氣，站起來後的第一件事就是環島一遊。

倔強的他堅持不肯要任何人陪伴，一路上從如何上下車到解手問題，種種困難和不便真是說不盡。有一回不小心摔了個四腳朝天，四處無人，又沒有一樣可以扶手的東西，足足在地上躺了一個鐘頭才想盡辦法爬起來。心中不斷的天人交戰，矛盾掙扎，幾次想打道回府，一想起我的話，又咬著牙撐下去了。

而一個人若能克服心理上的障礙，跨出他的第一步，以後就是有高山大海橫阻也不害怕。

回來之後，國瑞弟的信心大增，開始重拾書本，第二年就以同等學力考上了輿大夜間部法律系。同時家也遷到台視附近，離我住的更近。

他把我當成自己的姊姊，我的家人就是他的家人，大大小小的事都告訴我。他工作、他戀愛，我都是理所當然的狗頭軍師，甚至捉刀代寫情書。雖然這中間因為他形體上的殘障，感情幾經波折，我也同樣經歷他內心世界的晴雨和酸甜。直到遇見秀鸞，一個從小沒有父母的女孩，純樸善良，不在乎他的外形，只在乎他能不能吃苦上進。

之後，他結婚生子，他從貿易公司的小職員兢兢業業爬升到業務經理，直到自己創業打天下。我看著他成長，看著他跨著自己的步子一步步走得更踏實堅穩，心中的欣喜與安慰真不是筆墨所能形容的。

另外，還有位姓羅的年輕人。其實，他並不是我輔導的孩子。只不過我們同是陝西老鄉，有一次他父親在閒談中提到他也罹患類風濕，只是長年侷促家中，難免心情沉鬱，脾氣暴躁，他父親希望我能多開導他。

相貌堂堂，極體面的一個大男孩，只可惜一肚子憤世嫉俗，怨懟不滿，像隻刺蝟似的。知道他也喜歡寫作，乾脆由此入門，談談彼此的寫作經驗、讀書心得等等，慢慢影響他。

一開始總見他坐著輪椅來，也摸不清他病情的輕重，有回家裏吃餃子，也不當他是外人，便一起聊天一起包，包了一半，他大概嫌坐得太低搆不到菜，只見他兩手一撐，忽然一個翻身坐到輪椅的扶手上，嚇了我好大一跳，再一問，才知他僅僅膝蓋和腳關節有點不便。

一想起我全身的關節都壞了，舉步維艱，常常痛得我汗淚交流、小便失禁，仍然堅持不肯放棄走路的權利。而他病情輕微，居然還賴在輪椅上要人服侍，心裏不由來

氣。以後每回見了面，就是連說帶勸，鼓勵他用枴杖練習走路，見了羅叔叔，忍不住又是一番老調重彈。

也許是輪椅坐久了，養成了依賴心理，我這邊是言者諄諄，他那邊是聽者藐藐。說多了，連父親都不耐煩起來，制止我說：

「人家既然不聽，以後就別再說了！」

「我是為他著急啊！」

一句話沒說完，便已語哽聲嘶，有誰了解我心底那分焦慮和憂急呢？人生有限，有多少歲月、多少年華禁得起我們這樣揮霍浪費？

「千算萬算，不如老天一算」，怎麼也沒想到，到頭來小偷居然幫了個大忙。當時他家住二樓，每次回家，羅叔叔先背負他上樓，然後再抬輪椅上去。有時羅叔叔太累了，便暫把輪椅留置樓梯間，第二天再搬。結果，不知哪裏來的小毛賊竟然看上了他的輪椅，順手牽羊給摸走了，我哈哈大笑，連稱「好賊仔」。

羅叔叔本來打算再買輛輪椅，找我商量，我一句話就頂了回去：「羅叔叔，如果你真要你的兒子一輩子坐在輪椅上，你就買給他好了！」

大概話真是說重了，終於沒買。在沒有指望的情況下，他逼得只好用枴杖，時勢造英雄，後來還常常爬山涉水，不輸給一般人呢！

有一天，他興沖沖的告訴我，他感覺到視野的角度比以前寬廣了許多，不知什麼道理。

我笑而不語，詩人不是說「欲窮千里目，更上一層樓」嗎？道理其實都是一樣的。我打趣他說：

「以前你需要仰人鼻息，現在可以和人家平起平坐了！」

行動方便了，免不了常來找我幫他看稿子，我發現他的對話寫得非常生動有趣，建議他不妨走電視劇的路子，這一著棋倒真是走對了。幾年的努力，不僅成了名編劇，而且做了某大傳播機構的小主管。

想起從前種種，不得不叫人感謝那個不知名的小毛賊。後來他自己也把這段故事編成電視劇，劇名就叫「輪椅失竊記」。

一個人有足夠的胸襟和雅量自嘲，可見他的人生境界已提升至另一層次。

民國五十六年春天，我的腿疾復發，我實在捨不得離開這份工作，離不開這些有著血肉相連濃情的孩子，勉強拖到夏天，腿痛得我無法支持，可是我不忍對孩子們說，不忍面對那一張張絕對真誠、絕對信賴的面孔，像個開小差的逃兵似的，連聲招呼都不敢打，只在電話裏告訴了黃老師。

我把工作地點轉移家中，以我的筆、我的口繼續這分「劉老師」工作，雖然常常累得精疲力竭、全身浮腫，然而，當我面對一顆顆痛苦破碎的心靈，以及他們心中的掙扎矛盾，我無法拒絕，也不忍心拒絕。

這麼多年來，我也數不清到底輔導過多少孩子，我只知道，每當我看到一張愁苦的臉會笑了，頹廢的積極了，自暴自棄的也能夠有所作為了，心中的安慰和滿足絕不下於一位桃李滿堂的老師。

記得當年一位殘障朋友聽到我要去教這些小孩時，冷冷地說：「沒有用的，妳知道嗎？我們就好比一只打破的古董，古董完好無缺時，是何等珍惜寶貴，可惜一旦有了瑕疵，便一文不值。」

我們真的只是古董，因著一點形體上的損毀就一文不值嗎？不，從這些孩子身上，我幾乎可以肯定一項真理，我們儘管被摧殘、被羞辱、被壓迫、被打擊，但是，只要我們肯，我們仍能將生命的潛力發揮到無限至極。

我至今不曾對殘障孩子、乃至於對我自己灰心喪志，原因就在這裏啊！

——原載《新生副刊》

和孫大叔上街

每一年某一個特定的日子，總有一千多位年輕人，穿著大紅色T恤或背心——其中也包括兩個不怎麼年輕的人，就是孫越和我——在街頭兜售咖啡。

我們胸前掛著盛放咖啡包的盒子，手裏提著無線電擴音器，越是人潮洶湧的地方，越是喊叫得大聲。

「各位朋友，今天這項咖啡義賣，為的是籌募殘障朋友的教育基金，幫助他們學習一技之長，重新站起來，希望大家付出愛心，踴躍購買，愛心是不嫌多的……」

對孫越而言，從他年少走入演藝圈開始，他可能在銀幕上飾演過無數次小販，可是在現實的生活中，要他頂著大太陽，聲嘶力竭的沿街叫賣，且沒有一分報酬可得，恐怕是他做夢也想不到的事。而我，多少年來一直生活在自我世界，只想把文章寫

好，便是天塌下來也與我無干無涉的只管做著我的文學大夢。雖也不時「要脅」弟妹，倘若有一天我老了，他們不管這個姊姊，我便推著輪椅到行天宮門口行乞，聽說一日也有數千元營收。可是有一日真的如此拋頭露面，沿門托缽，這種經歷不只奇特新鮮，而且透著十足的戲劇性。

孫越肯於放下他的影帝之尊，我之敢於走出「暖室」，實在是因為我們背後有一股力量在推動著。人類生理上的需要無非是吃飽喝足之後有一舒適安定的環境，但很多時候，我們的內心也並不以此為滿足，也會困惑的尋找答案。很多年來，孫越覺得他活得好累好累，名也有了，利也有了，地位也有了，可是好像還缺了一些什麼，一直到他有機會到泰北走了一趟，親眼見到那塊荒蠻貧瘠土地上苦苦掙扎的中國同胞，同樣的黃膚黑睛，同樣的血脈淵源，卻是不同樣的命運和造化，那些生和死，那些漠然無告的臉像一條鞭子一樣狠狠抽在他的心上，他才頓然領悟，以往他只單純的為自己而活，活得多麼狹隘自私，於是，他走出來了，把小我的生命與大我的生命結合，真正是與「哀哭的人同哭，與喜樂的人同樂」。孫越不再是一個單純的演藝人員，他響應捐血，他倡導戒菸，他關心老弱病殘，關心這一塊土地每一個和他切膚相關、聲息相聞的人和事。《聖經》中保羅說：「如今我們成了一臺戲，演給世人和天使觀看。」舞臺上的生活涵蓋面有限，無限的是人生的場景，孫越是另一種演員。

民國六十九年，我有幸當選十大傑出女青年，身為一個基督徒，我深知有這一天，絕非單靠我一人的努力，而是上天厚我，父母愛我，手足善待我，朋友勗勉襄助我，社會肯定接納我。但是，有太多太多殘障孩子卻沒有我這樣的幸運，他們終其一生生活在陰暗的角落，無人關心，無人重視，他們被這個社會遺忘了，甚至遺棄了。保羅深深了解他得了福音的好處，若不再傳出去，便是欠了福音的債。他說：「我不傳福音，我就有禍了！」而我，豈不也欠了天地一分情，一分愛嗎？我若死死守著自己的世界，又何嘗對得起人對得起己？

就這樣，我和孫大叔上街賣起咖啡來了。正因為是玩票性質，便分外好玩有趣。我們成了半路打劫的「強盜」，先在路的兩頭設下人牆，過往行商客旅無一倖免：「先生，買包咖啡好嗎？」有人欣然接受，爽快的接過去，有的尚在猶豫觀望，我們趕緊在他衣襟上貼上一張愛心貼紙，教他無所遁逃。當然，也多的是望你一眼，面無表情施施然而過的人，你也不用灰心，小小街頭本來就是最好的人性觀察站。有一回，一位工作人員手舉咖啡包，追著一位老外推銷：「Ten Dollars! Ten Dollars!」不防那位老外突然冒出來一句中國話：「你說什麼？」嚇得工作人員差點沒一跤跌到水溝

去。

到了晚上數算義賣所得時，面對堆得如小山一樣的鈔票，每個人數得手指發麻，足足有好幾個月時間看見鈔票就怕。

和歡樂如同嘉年華會的街頭義賣形成強烈對比的是另一種請願活動，引起不小風暴。特別是教會人士，紛紛議論，何以「杏林子」也走上街頭？言下頗有離經叛道之意，這也難怪，我以往給人印象，都是不食人間煙火，一副超凡入聖的樣子，哪裏知道有一日居然高舉著標語，一路呼著口號，搖旗吶喊，儼然女革命家或街頭鬥士。今天我若是一名壁上觀者，或許會對這樣的行為側目而視，然而，深入其中，才知種種內情，事非得已。其實，我們一直抱持著和平理性的態度，例如去年為了大專聯考幾乎有半數科系禁止殘障考生報考，嚴重影響殘障者的教育權和未來的生涯發展，我們連署了六十八個單位陳情上訴，經過數度溝通，教育部也表現了極大誠意，終於在報名前夕，大幅度開放了殘障考生報考限制，大夥兒欣喜之餘，送上鮮花一束給教育部毛部長，以示由衷謝意。不久，臺北街頭爆發了「五二〇」農民示威運動，警民衝突，雞蛋與石頭齊飛，我們深慶大專病殘生考試設限一事處理得宜，化干戈為玉帛，戲稱「要鮮花，還是要石頭？」至於四月十一日立法院門前為殘障福利法修正案請願，突然發生了張志雄自戕事件，第二天我們全上了頭版新聞，多少顯示出一些劍拔弩張的緊張氣氛。其實，這純屬一樁意外，張志雄在車禍受傷致殘後，失去工作，家庭破碎，好不容易找到賣獎券的工作，誰知政府在沒有任何預警的情況下，一聲令下，驟然宣布停售愛國獎券，頓時使他和數以千計的殘障業者失業，生活陷入困境。在悲憤之餘，他採取了最不得已的手段——「血諫」。我們不贊成他用這種方式，但能體會了解他內心的痛苦和無奈。而這一刀下去還真發生了效果，爭議了九年的殘障福利法修正案在短短不到一個月時間順利通過，真不知教人說什麼好，無怪乎一位朋友形容這是「病態社會非常時期的非常手段」。事實上，理性的溝通和協調可以避免許多不愉快的發生，今天我們最大的障礙仍然來自觀念的閉鎖和狹隘，社會運動其實也包含了很深的教育功能在內。

而我，當我面對數不清就學被拒、就業無門、投訴無處，徘徊在生死邊緣掙扎的殘障者，我只想到《聖經》上的一句話，「你若不愛那看得見的弟兄，怎麼能愛那看不見的神呢?」真正的愛是什麼呢?難道不是他餓了給他吃，他渴了給他喝，他赤身露體給他穿，他病了去探望他嗎?上帝說：「你們若愛在那最小的弟兄身上，就是愛在我身上了。」保羅為了他的弟兄，他的骨肉至親，即使「被神咒詛，與基督的愛隔絕，他也甘願。」這句話猶如一把刀子，狠狠扎在我的心上，而我呢？我若為了我的弟兄，我的骨肉同胞，被世人誤解，遭人唾棄，我甘願嗎？如果單單為了維護個人的形象，而自絕於同胞骨肉之外，那麼，我今天所做的一切，又有什麼意義呢？

這樣的看見，令我深思。今日，我成了何等人，無非都是出於上帝的恩典。原來，我之所有，並非我有，我之所無，並非我無，有無之間，緊緊扣住了大地的脈息，生命的躍動，使我不能、不敢也不願置身紅塵之外，然而，紅塵之內，人煙滾滾，是非多，謠諑也多，你雖已盡心盡意盡力而為，有時仍不免被濺得一身泥濘，好在入世之初，心裏已有十全準備，雖不敢說是非成敗轉頭空，但至少懷抱盡其在我，無虧人我之心，全當是生命的一種歷練一種成長。

前行政院院長孫運璿先生說：「我們要爭一時，也要爭千秋！」走上街頭賣咖啡也好，遊行請願也好，都是一種訴求方式，無非為的是這塊禍福與共、脣齒相依土地上的子子孫孫，「落地成兄弟，何必骨肉親！」

英雄有淚

——寫我的好朋友張拓蕪

八月裏，拓蕪到伊甸寫作班代課，那天講的是人物描述。他一個月前就開始準備了，洋洋灑灑寫了一萬六千多字講義，結果到了台上，他一會兒擦汗一會兒拉褲管，結結巴巴，語不成句。最後，只好把講義影印發給學生回家看。

忍不住跟他歎氣：「我的天，你怎麼這樣拙啊！」

「緊張嘛！我一看到麥克風就緊張，一緊張稿子就看不清楚……」

「給小孩講課有什麼好緊張的，真是……」

拓蕪嘿嘿笑，好像鄉下孩子做錯事似的靦腆畏羞，帶著三分拙、三分憨、三分土氣，卻又是一副毫無機心的坦然。

三毛和我非常欣賞拓蕪這一點，每次我們有事詰難他時，他就是嘿嘿或嘻嘻的笑一聲，也不爭辯。三毛就說：

「你看！你看，這個人又這樣笑了！」

每每在這種時候，就讓人覺得這個人好像總也不見長大似的，疼惜之餘，只好輕輕罵他一句結束。

「你這個人，神經啊！」

這個人，實在說比我們年長很多，經歷的憂患痛苦也比我們多得多，但不知為什麼，卻是越活越像孩子。除了身體上的不方便可以看得見外，彷彿這一生的坎坷歲月並未在他身上留下多少痕跡。

正因為像孩子，所以單純無偽，也不懂得矯飾自己。喜歡的，他就直說，不喜歡的或是看不慣的，也當場叫出來，一點不給人留情面。有人形容他就是寓言故事《國王的新衣》裏那個直言無隱的孩子，常常直言，免不了開罪人，相熟的朋友要我勸勸他：

「不要一天到晚罵這個罵那個的，朋友都得罪光了……」

我要怎麼勸他呢？他所看不慣的事也有許多正好是我看不慣的，只是我沒有勇氣說出來。碰到我不「欣賞」的人，我只會慢慢疏遠，淡淡冷落，我不會跟人吵架，我怕傷神。

拓蕪卻時常像個劍拔弩張的戰士，不過大部分都是在為別人打抱不平。有次為了一篇無聊文章，拓蕪氣憤不過，跟人打起筆仗來，我氣得說他：

「吃飽飯沒事幹了，蹚這趟渾水，有精神多寫兩篇文章不好嗎？」

「我氣不過，太卑鄙了！」

拓蕪「氣不過」的事太多了。有時候也免不了成了別人攻擊的對象，我就很阿Q的說：

「恭喜恭喜！」

「什麼？我挨罵妳還要恭喜我？」他大叫。

「已經有被罵的資格了，可見真是了不起了！」

他嘻嘻直笑。拓蕪的怒氣通常都是來得快去得也快，雁過不留痕。

拓蕪自認土，沒見過世面，碰到什麼新鮮事，就像小孩子一樣興奮起來。有一回，他和三毛、柱國夫婦出去，半路上碰到林青霞，拓蕪目不轉睛的盯著人看，盯到三毛都覺得不好意思，罵他：

「怎麼這樣子看人呢?」

「從來沒見過大明星嘛!」一副很無辜的樣子,接著又冒出來一句:「她怎麼披條毛毯,冷啊?」

「神經啊!人家那是披肩,什麼毛毯……」三毛笑得講不出話。

後來這件事常被三毛拿來取笑,拓蕪也是笑,一點不覺得這樣「沒見過世面」丟臉。其實,哪裏是真沒見過世面,他的書就是一部活生生的中國近代史,饑荒貧困、戰亂流離、斑斑不盡血淚。

看他寫錢班長,寫那個自比韓世忠的老兵,寫兩個退伍下來整日相爭相吵卻又相親相愛的袍澤兄弟……寫他們的愛恨掙扎、悲涼無奈,寫他們在大時代下個人的犧牲和無聲的吶喊;也寫他們安貧樂道的操守,無尤無怨的自足,以及在坎坷歲月中得以自處的那一套生活哲學。儘管血淚交纏,卻又不免淚中含笑,笑中有淚。他們都不是什麼經典人物,卻自有一份血肉情感,讓你衷心憮然、掩卷歎息之餘,又有一份可親可近的溫柔親切。如果拿音樂來比較,拓蕪的文章就是交響樂,看似細瑣卑微,整體綜納,卻有一種磅礡壯闊、百川入海的氣勢。

這樣說,拓蕪自己一定是不肯承認的。他自卑,總覺得自己沒念過多少書,沒做過什麼大事，甚至連經歷一場像樣的戰爭也沒有；當兵三十年，總是窩窩囊囊在開小差、關禁閉、混水摸魚中度過的。他不能，也不配寫什麼大文章。他只會寫一點身邊熟悉的故事，沒有華麗典雅的文字，沒有曲折離奇的情節，然而，正因為他筆下每一個人物都是和他同哭同笑、同生同死，一路淌血過來的，無形中就多了一份感人的力量；也正因為這樣的未經雕琢，就格外有一種渾然天成、自然樸實的風格，也是他不曾刻意經營的另一種收穫，而拓蕪是不自覺的。

如果說，拓蕪的書是苦難中國的縮影，那麼，拓蕪就是這一時代的見證人。

拓蕪本身就是苦難的化身。

從小失親，在屈辱中長大，少小離家，也是顛沛流離，好不容易有了自己的小窩，可以安定下來，偏又是一場病殘，奪去他所有的雄心壯志；接著妻子離去，家庭的變故更是將他擊打得體無完膚。我們看著他困頓中時仆時起，看著他痛苦流淚，看著他傷口慢慢結痂。身為朋友，我們唯一能做的，就是一旁默默陪著他。

相識多年，已經不純然是友情，而是手足般的親情。三毛和我都沒有兄長，拓蕪就像大兄長一樣呵護著我們。三毛是個率性而為的人，常常可以三天不吃飯，一天吃三天的。有一回，為此拓蕪罵她：

「實在不像話，這種小孩應該好好打一頓的……」

「哼！你打我，我就逃家，三天三夜不回來……」

我在一旁忽然聽得眼眶發熱，多麼像一個家裏，做兄長的憐惜妹妹的任性不懂事，做妹妹的偏要不服氣的撒嬌撒賴一番，在呵責頂撞中，含有多少關懷親愛的溫情真意在。朋友做到這種地步，也可以無所求、無所憾了。

其實，我們平日很少見面，一年難得一兩回。三毛和我都忙，忙到有時知道對方上電視，就在電視機前望一眼也算是相見了。見不見倒也不重要，有這份心意在，即使天涯相隔，也仍像在身邊一樣。

這兩年來，拓蕪寂寞。桂香在時，還有個人可以吵架；桂香不在了，連個吵架的對象都沒了。早上打電話給他，他在聽收音機；晚上打去，他看電視，開得震天價響，為的是屋子裏有點人聲。

他想結婚，但我們都不贊成為怕寂寞而結婚。

「結了婚就不寂寞嗎？有的人結了婚更寂寞呢！沒結婚時，寂寞還可以用各種方式排遣，等結了婚，被釘死在那裏，想逃都逃不走，那才叫做真寂寞呢！」

而要找一個不嫌他窮，不嫌他老，不嫌他病殘、還拖帶著一個孩子的人，實在也難。又不能娶一個知識水準相差太多，心靈相距太遠，重蹈桂香覆轍，到頭來又是一樁悲劇。

「除非，」三毛說：「除非有誰真正愛上拓蕪這個人，甘心跟他過一輩子！」

問題是這個人連戀愛也不會談呢！也曾介紹過一個好女孩給他，人家對他倒挺有意思，還去看過他幾回，無奈這位老兄鈍得跟木頭人一樣。直到女孩嫁了別人，我才警覺，原來他一直沒有反應。

朋友都責怪我，怎麼不提醒拓蕪，我也冤枉，這種事還需要旁人提醒嗎？拓蕪不是詩人嗎？寫詩的人不是對感情一向最敏銳的嗎？怎麼會鈍成這個樣子？無怪乎他寫的詩我和三毛都看不懂，可見是少了一點什麼。

本來氣得想找他吵一架，後來想想，鈍人也有鈍人的好處，多一分機靈的心思，說不定就多一分煩惱。只好把他歸納「未開化民族」。

曾有年輕人問起，何以拓蕪、三毛和我能成為好朋友？當時急切之下，答得相當含混籠統。回來細細琢磨，才發現我們這三個人儘管成長經歷不同，生活背景迥異，但對生命都有相同的認識和堅持。也許苦難真像一張濾網，濾去生命的雜質，保存其中最精髓的一部分，那就是對生命本身的虔敬莊重，對生活態度的真誠坦誠。我也相

信，不論我們再遭遇多少波折磨難，甚至有一天失去性命，也不會放棄。

極喜歡拓蕪牆上的一幅字：

寶劍鋒由磨礪出，

梅花香自苦寒來。

英雄豈真是無淚；無淚，又何以成就英雄呢？

這一點，拓蕪懂，三毛懂，我也懂。

視死如歸

死，對許多人來說，是神祕的、可怕的、不吉利的、犯忌諱的。俗話說「好死不如賴活著」，除了偶爾有那麼個把人心理失去平衡，一時想不開，走了極端，一般很少有人願意「翹辮子」的。所以，法律對於那些惡性重大、罪無可逭的犯人，最重的刑罰就是死刑，剝奪他們繼續生存下去的權利，這是多麼嚴厲的懲罰！

但是，死，卻是每個人避免不了的。不論貧富貴賤、也不管願意與否，時候到了就得走，誰也別想留下來。

而死，對我這病了廿多年，三分之二歲月都消耗在病床上的人來說，又是如何呢？如果醫生宣判我只有一個月的生命限期，我會以什麼樣的態度，去面對人生這最後的一刻？

自我有記憶以來，「死」在我們家就不是一個什麼需要避諱的字眼，做孩子的也從不會因為在過年時說一個死字就挨罵。甚至我們也常把這件事拿來討論，或是相互開玩笑，彷彿這是一件很光明正大、理所當然的事。

猶記得姊姊赴美留學的那年，臨出國前夕，一家老少聚集一堂。幾個弟妹口沒遮攔地尋起老姊的玩笑：「姊呀！今天請妳吃的是『最後的晚餐』，明天我們就要送妳上西天去了！」

我這位老姊也面不改色，毫不含糊，回馬一槍：「你們錯了，我不是上西天，我是到西方樂土去了！」（好一個西方樂土！）

一位親友在旁聽得大驚失色，氣得直埋怨：「我的天，孩子要走了，怎麼你們家一點也不知道忌諱呀！」

我們猶振振有辭地辯駁說：「真滑稽，我們又不是上帝，說她死，她就會死呀！」真是那壺不開提那壺。

我想，就是因為這樣開朗的家庭，培育出孩子們個個樂觀堅強的個性。而這一點，對我生病之後的生活卻是影響太大了。

我不否認，初病的那幾年，由於病情日益嚴重，活潑好動的我整日被禁錮在病床上，心情十分消沉，真有生不如死感覺。但當我信主之後，才真正開始了解到生命的神聖可貴。如果以死做為對於命運消極的抵抗，那是一種懦夫的行為，為什麼不積極努力，發揮出生命潛在的價值功能呢？我不冀求自己有什麼偉大的成就，但求腳踏實地，盡自己的本分，好好地生活。我想，這也就是上帝所賦予我們每一個人的使命吧！

病了廿五年，生生死死的場面見得太多了，就在我病床邊，我親眼看見嚥下最後一口氣的，就有九位之多。一位老太太前一分鐘還削著蘋果吃，突然頭一歪，就沒氣了；另一位起初一點病徵也看不出，生龍活虎一般，同住了三個半月，我看著她的體力一點點衰竭、精神一天天委靡，最後終於走上了死亡之路。我就坐在床頭，看著醫生急救，看著醫生取下聽筒，舉起手錶宣佈最後一刻；也看著護士為他們抹身、換衣服、把手腳用繃帶綁好（怕屍體變形），接著太平間的運屍車把他們運走。奇怪的竟然一點恐懼的感覺都沒有，也許因為從小死亡不曾在我心中留下絲毫怪異的陰影，也許是同住在一個病房，共同為生命奮鬥，彼此已很熟識，在心理上更多了分認同的感情，所以覺得「他們」並不可怕。（病久了，有時我也懷疑自己是否染上了醫生的「職業性冷酷」？）

說真的，我很少為死去的人悲哀，反倒常為活著的人流淚。死，並不是對生的逃避解脫，但當生命結束，自然也放下了一切憂苦煩愁的重擔，獲得了真正而永久的安息。而活著的卻仍需要掙扎、需要流淚、需要承受千般痛苦、萬般磨難，這才是教我於心不忍的呀！

然而，每當運屍車的轆轆聲，一路漸行漸遠，自我耳際消失之後，我也會不自覺地想，「他們」到哪裏去了呢？人的肉體固然會隨著草木同朽，但人之所以為人，總還有一點別的東西吧！他們又往哪裏去呢？

我想，絕大多數的人不知道，正因為不知道（或者不敢肯定），死才顯得神祕而可怖。而我，我是知道的。

我是一個基督徒，我知道人除了肉體的生命，人還有一個靈魂；靈魂會往哪裏去？聖經上記載的很清楚，那是一個「不再有眼淚、不再有哀號痛苦的地方」。

所以，人生在世，我們都不過是客旅，是寄居的。有一位教會的老弟兄形容得非常好，他說朋友搬家，大家不都要慶賀他「喬遷之喜」嗎？而有一天我們從地上搬回天家時，豈不更要歡歡喜喜嗎？又有什麼可憂慮恐懼的呢？

我這樣寫，或許有人以為，我還年輕，離那一天還早，用不著現在擔心，所以落得輕鬆自在，「視死如歸」。其實錯了，很多人都知道我有關節病，卻很少人知道我還有心臟病。關節病固然一時好不了也一時死不了，而心臟病，卻是隨時可以「蒙主恩召」的。遠在我關節初病不到四、五年，我就發現自己的心臟有毛病，它常常跳著跳著就「休息」一下，檢查的結果是肺部大動脈有雜音，什麼原因不知道。偏偏我這人是天下最不會「杞人憂天」的，既然不痛不癢，也就隨它去。

二十年過去了，這具「幫浦」在年久失修下，「病況進步」，已經從最早的跳五下停一下，發展到目前跳一下停一下的地步。在悶熱的夏天，常常氣喘不過來，我就感到它像輛失去軌道的火車頭，在胸腔裏「轟隆轟隆」的橫衝直闖。每在這種時候，死就不是一個名詞，而是一件幾乎觸手可及的事實。加以我服用腎上腺素多年，根據醫學報導，這種藥吃多了，會有暴斃的可能。因此，我常常半真半假、有意無意地提醒家人，要他們早做心理準備，搞不好我那天說走就走，「揮一揮衣袖，作別西天的雲彩」。只可惜家人平日玩笑慣了，嘻嘻哈哈一陣，都不當一回事，令我好生失望。

甚至，我也早已立好遺囑，交代後事。我的遺產可分為兩大部分，無形的和有形的。其分配如下：

我把所有的愛，留下給我的父母、親人、以及所有曾關心我、幫助我的朋友。

我把所有的祝福留下給天下人，不論是好人、還是壞人。我都祝福他們有一個積極的人生，給這個世界多創造一些和平安樂，基督天國的理想也能早日在地上實現。

我把眼角膜捐給需要的人。這並非我有悲天憫人的偉大胸懷，只不過這對漂亮的杏眼（雖然已漸有杏乾之虞），仍然希望留下來多看看這個愛過、生活過、也哭過、掙扎過的世界。

我把我的軀殼留給醫院做病理解剖。病了幾乎一輩子，不打開來研究研究，實在可惜了，也枉費醫生們多年在我身上投注的心血精力。（還有一個好處，可以省一大筆喪葬費，這年頭地少人稠，活人住著已嫌擠，死人何苦還要霸著一塊地盤？）

至於解剖後剩下的殘渣，就燒成灰撒在屋後的小蘭溪吧！多少也可以滋潤一下兩岸的花草。

附註：我生平不喜歡流淚，死後也不願別人為我哭哭啼啼，否則，就像我對妹妹說的：「哪個敢哭，我就偷偷下來踢他一腳！」

你看，我簡直已經萬事俱備，只欠一「死」了。千萬別以為我這樣是表示對死的輕蔑和漠視。不，如同生一樣，死也是莊嚴神聖的，都是人生必經的階段，無需要詛咒或逃避。不論我的生命還有一年、一個月或一天，我都熱愛它，珍惜我所擁有的每一分每一秒。竭盡所能地獻出所有一切，而當上帝呼召時，我也絕不猶豫。

世途坎坷，荊棘叢叢。當我們已經活過、努力過、奮鬥過，美好的仗也打了，當跑的路也跑了。那麼，何不坦然無懼、歡歡喜喜的歸去？

所以，在這一天真正降臨時，但願我所有的朋友們，都能——

擦乾你的眼淚，

帶著微笑，

就當送別遠行的老友。

後記：

愛書人的主編給我出了道作文題：「如果我還有一個月可活」。他怕刺傷我，觸犯我的忌諱，甚至怕我這個久病不癒的人會引起某種不祥的聯想。所以特別強調沒有別的意思（如果我是個多愁善感的人，豈不又誤為「此地無銀三百兩」了嗎？）他的信讓我哈哈大笑，病了整整廿五年，誰還在乎這些？

——原載《愛書人》雜誌

現代老萊子

某日，日正當中，豔陽高照，趙寧請幾位朋友到臺視「夜談」。在等候燈光師打光及攝影師調位置時，幾個人無事閒聊，不知怎的，話題扯到我身上。

趙寧問：「聽說妳每一天都要對媽媽說一遍媽咪我愛妳呀？」

「沒錯，你不是倡導愛在心裏口常開嗎？問題是閣下做到否？」

洪冬桂在一旁取笑他。「趙寧若是敢對趙媽媽講這句話，一定把趙媽媽嚇昏掉！」

本想當場傳授趙寧幾招現代老萊子武功祕笈，無奈導播催我們就位，只得作罷。

有人說這一代的中國人是最後懂得孝道的中國人了，沒錯，我們一方面要承歡領著我們一路從戰亂流離、艱困貧乏中走過來的白髮爹娘，一方面又要小心翼翼服侍橫衝直撞、人在福中不知福的國家未來主人翁，深恐他們一個不順心，祭起「代溝」的革命

大旗。問題是教育家、心理學家一再教導我們要如何善待下一代，培養親子關係，卻不曾告訴我們這些中年子女如何與上一代相處，以至於個性一向含蓄保守的中國人面對老爹老娘時，仍然拘手拘腳，相對無言。

我很幸運，因為長期患病，與父母朝夕相處，多少悟出一點「綵衣娛親」的心得，歸納為現代老萊子祕笈八帖，特與卡在上下兩代之間，誠惶誠恐，進退失據的同輩朋友分享。

第一帖　口中含蜜

從小，我們就被教導「少開口，多做事」、「小孩子不要插嘴」，並時時以「禍從口出」、「言多必失」、「沉默是金」等成語訓而誡之，養成我們可以開口時不會開口，應該開口時不敢開口，然而，我們要充分了解，言為心聲，在父母面前，不僅要好話多說，尚且要糖上加蜜。因為，父母年歲越大，越期望從兒女口中得到被需要、被尊重的肯定，以減輕其日益增加的失落感。我常有事沒事對老媽喊一句：「媽咪，我愛妳！」有時換來白眼一顆，「我才不愛聽這種話！」我心中竊笑不已，天下父母不愛聽此言者幾稀！當然，你可以不必像我這麼肉麻露骨，換一種迂迴婉轉的方式，例如，你裝出一副靦腆的樣子：「媽咪，我告訴妳一件事，妳不要生氣喲！」「什麼事？」「有人說，妳根本不像我媽，像我姊！」老媽一聲喝斥：「胡說八道！」你不用擔心老媽當真會生氣，她笑都來不及，搞不好下面就緊接著問了：「誰說的？不會是看錯人吧……」對老爸，則有空時不妨虛心求教，問問他老人家對布希上臺有什麼看法，戈巴契夫的笑臉攻勢要如何應付，大陸政策應該怎樣制定等等，待老爸滔滔不絕說完之後，你大可一拍大腿，深表讚佩的說一句：「啊！爸爸真是高見，可惜總統不認識您，否則真該請您去當國策顧問的！」我保證，單單這句話，就夠讓你老爸年輕十歲。

第二帖　小禮飛花

這可不是古龍的小李飛刀。小禮者，小禮物也；飛花者，花草寄情也。聖經上說，信心沒有行為，信心是死心，愛亦然。當你告訴老爹老娘如何如何愛他們時，「口說無憑」，亦應有行動表示，否則「天橋的把式，光說不練」，徒然留下油嘴滑舌的印象。要討父母歡心，最簡單莫過於針對父母的興趣投其所好。一位朋友的老母親嗜吃西門町某家滷味店的雞翅膀，朋友經常深夜開車來回一、二小時，只為買兩隻雞

翅膀給老母消夜。吾家老媽愛吃臭豆腐，以前辦公室附近常有一挑擔者經過，我個人對此物深惡痛絕，但因為老媽喜歡，往往買了後揣在懷裏（怕冷卻後不好吃），一路上閉住氣，往家直奔。老媽喜愛園藝，我出差在外，只要看到有好盆景或花器，總不忘捎帶一二，老爸講究衣著打扮，每年夏天，我必定親自上街，為他挑選香港衫，他愛吃甜食，也日常供應不斷（只是提醒不可多吃）。其實這些東西花費不過三數百元，所費不多，但足以讓老爹老娘貼心，心中安慰，沒有白養你一場。

第三帖　白石新法

國畫大師白石老人生前求畫者甚眾，各樣禮物堆積如山，老人不堪其擾，就在門口張一告示，曰：「送禮總不如送銀子來得實惠也！」一語道中老年人心態，蓋禮物雖多，並非樣樣稱心如意，更何況很多父母退休之後，經濟來源斷絕，有時不免想要打個小牌逛個小街什麼的，這時候送銀子的確實惠多多。送時不妨再偷偷叮囑幾句：「喏，這點錢媽媽留著私下用，不要告訴爸爸！」「送爸一點麻將老本，別讓老媽知道了！」千萬別誤會，這可不是挑撥二老。而是老小老小，父母老了，也喜歡在兒女面前爭寵，使點小計謀，以增他們在兒女心中之分量，不過哄其開心罷了！

吾家有一優良傳統，兒女年幼時，逢年過節，父母按人頭發紅包一封，及至兒女成長，可以賺錢獨立後，風水輪流轉，換成兒女孝敬父母紅包了，當然不能再叫壓歲錢，而是給父母添福添壽之用。

在經濟能力許可下，除了這些零星的小意思外，亦應有固定的家用。有些人捨得給年幼子女購買價值不菲的衣物玩具，每月一點點區區家用卻捨不得拿給父母，實在匪夷所思。在拿家用給父母時，有二點要特別注意，其一不要追問這些錢的去處，既然給了父母，就由父母全權作主，怎麼花怎麼用都是他們的事，只求老人家高興就好。其二，態度要恭謹，千萬不可輕忽隨便，好似打發小孩一樣，避免傷到老人家的自尊。我每個月拿家用給父母時，一定鄭重其事放在信封套裏，恭恭敬敬雙手奉上，老媽有時不忍心用我的錢，我還要苦苦哀求一番：「求求妳收下吧！」務必讓她知道，有能力奉養父母，是兒女一大光榮也！

第四帖　空巢戀曲

根據心理學家分析，兒女長大成人，逐次離家振翅高飛之後，家中日漸冷清，形成空巢狀態，父母從當年為兒女做牛做馬，忙得昏天黑地一變而為無事可做，無人可

忙，心中空虛惶恐，油然而生，深恐自己老而無用，不再被兒女重視需要，於是，精神官能出現焦慮緊張、不安等症狀，稱之為「空巢症候群」，其中又以女性最為嚴重。治療的方法就是對症下藥，吾家老弟深諳此道，有一日，他深更半夜自屏東搭機回來，央求老媽煮一碗湯消夜，老媽自到劉家主持中饋五十年以來的老規矩，一過吃飯時間就關火熄竈，掛牌休息，鐵面無私，可是老弟說：「人家已經很久沒有嘗到媽媽的味道了！」一句話打動了老母的心。冬天的早晨，老弟光著膀子展示他原始的肌肉，老媽開口了：「你亮膘啊？穿上衣服！」連催數聲，老弟嗯嗯應著，老媽屋前追到屋後，看見兒子東遊西晃，漫不經心，忍不住罵了：「跟你講話不聽啊？等下感冒了怎麼辦？這麼大了還讓人操心！」老弟一看老媽終於發火，嘻嘻一笑，逃也似奔回屋內套上毛衣。老媽看似生氣，其實心中安慰得緊，不管這個兒子在外頭是總經理、大學教授或總統，回到家都是她的心肝寶貝，需要她的關心照拂。

（不過，此法使用時務必謹慎小心，千萬不要弄假成真，後患無窮）。

總之，你要時時回到空巢，表現一副舊情綿綿、戀戀不捨的小兒女情態，好讓老媽有巢雖空、心不空的滿足感。

第五帖　千里一線

古人說：「父母在，不遠遊，遊必有方！」今日的社會，為人子女者，為了求學、工作或其他種種因素，能夠承歡膝下，晨昏定省的實在不多，非不為也，是不能也！雖說現今的交通工具可以朝發夕至，便捷異常，可是往往出於許多主觀客觀的限制，讓我們有「人在江湖，身不由己」之慨，雖無烽火三月，家書依然抵過萬金，何況現代人已經不流行寫信了。每逢年節前，就看見電信局打廣告，鼓勵民眾利用電話報平安，其實，為什麼一定要每逢佳節才倍思親呢？平常日子也不妨常思常念呀！花個三、五分鐘打通電話應該是舉手之勞，再不寄個小卡片什麼的也很好，（當然，裏面若能順手再夾張美金支票則更好）。女作家樸月出外，每到一處必先打電話回家報平安，知道老母有心臟病，不忍其擔心也。在這個充滿疏離感的時代，人際關係日益淡漠，多的是咫尺天涯，而親子之間是否能做到天涯也咫尺，端看有心無心了。

第六帖　龍發精神

有一回，不知為了何事，我向老媽抗議道：「我已經四十好幾啦！還管我這麼多！」老媽回答得很絕：「四十好幾有什麼了不起？八十好幾也依然是我的女兒！」是了，四十好幾有什麼了不起，突然之間，我大徹大悟，所有在人前那些道貌岸然、裝模作樣的面具全部可以卸下，白髮老爹娘面前儘管發癡撒賴，施展你胡攪蠻纏的本領，他們不是旁人，不需要你掩飾或武裝自己。

老媽不喜歡女兒的白頭髮比她多，幾次催我去染髮，有天我忽發奇想：「誰規定白髮一定要染黑的？染成金色或紅色的也很好看呀！」老媽沒好氣的瞪我一眼：「你還想染成什麼顏色？」我假裝沒有看見她的表情，自顧自地說：「或許可以染成一道黃色的，一道青色的……咦，人家現在不是在流行彩虹公車嗎？我們也可以來個彩虹頭呀！」老媽唯恐這個女兒當真發瘋，立刻大吼一聲：「妳敢給我妖怪，就不要回來見我！」我哈哈大笑，「老媽呀！我工作這麼多，壓力這麼重，你再不讓我妖怪一下，我就會進龍發堂！」

又有一回，一位刊物編輯採訪，盛讚老媽為女兒犧牲，辛苦一生，足以為天下母親楷模，我忍不住沾沾自喜的說：「老媽之所以這樣偉大，全是拜我所賜！」對方訝然不解：「此話怎說？」「試想，我若從小平平安安、順順利利長大，老媽和一般母親又有什麼兩樣？又哪能顯出她的特殊、不同凡響之處？」老媽悻悻然說：「哦，敢情我還得謝謝妳了？」「那倒不敢！」我嘻嘻直笑。

儘管老媽經常被女兒氣得暈頭轉向，啼笑皆非，不過看她七十有二高齡每天清晨仍能做二十個伏地挺身，爬起山來腳勁比二十歲少年郎還要勇健，就知道有這樣一個瘋瘋癲癲的女兒也是生活一大樂趣。

第七帖　水漲船高

有些人在事業有成，或是獲得某一項榮譽時，常歸功於他的另一半，或是感謝某某師長的教誨，某某長官的提攜，某某朋友的協助，卻對生他育他、辛勞一生的父母隻字不提，通常我對此等人物的評價會略打折扣。

心理學家說，一個人的成功最早塑造於他的童年時代，沒有父母，就沒有你的存在，沒有父母提供的成長環境，則不可能成就今日的你。所以，不論你有多崇高的地位，多輝煌的事業，都不要忘記凸顯老爹老娘。

一位牧師年輕時頑劣不堪，打架滋事，無錯不犯，人人都認為他已無可救藥，唯有老母不死心的日日為他流淚禱告，終使他幡然悔悟，立志向善，成為一代名牧。另一位畫家朋友，幼時家庭貧困，窮無立錐之地，但因他喜好繪畫，父母節衣縮食，也要供應他習畫所需，一日畫紙用完，無以為繼，他放聲大哭，老父心如刀割，抱頭唏噓，立刻上街借貸購之。至今，他仍感激父母當年的栽培，給予他充分發揮的機會。

因此，人前人後（特別是當著父母的面前），不妨多多誇大自己小時如何如何之頑劣，父母又如何如何苦心孤詣，耐心教導，方始有了今日之成就，以凸顯父母之勞苦功高，「揚名聲，顯父母」也！

第八帖　守身守孝

有一年母親節，警方破獲一強盜殺人集團，其中有兄弟兩人，皆相貌堂堂，卓爾不群，無奈誤入歧途，犯下滔天大罪，有子不肖，想來做母親的一定悲痛欲絕，這真是最讓人傷心的母親節。

大過是由小過日積月累而成，如果我們凡事以父母的感受為感受，父母的榮譽為榮譽，時時警惕自己，潔身自好，不惹是生非，不為非作歹，不辜負父母對我們的愛和期望，想來這個世界的犯罪率一定會大大減低。

另一方面，身體髮膚，受之父母，好好珍惜保護，避免老人家操心傷神。三年前，老弟工作過勞，罹患糖尿病，一日之間陷入血糖昏迷，危在旦夕，老媽火速南下探視，焦慮惶急，溢於言表。

有一位朋友，離家二十餘載，好不容易請了一個月長假回來探親，不想剛回來不到一星期，就在臺北街頭給車撞斷了胳臂，八十歲老父心疼之餘，氣得大罵：「這麼大的人了，走路還不長眼睛，要我替你操心！」老父哪裏知道，人倒是長了眼睛，無奈臺北的車子目中無人，罵歸罵，老父倒是天天陪著兒子跑醫院。

人入中年，免不了有許多人情應酬，若是不知節制，酗酒熬夜，暴飲暴食，放縱情慾，不只戕害自己的身體健康，也讓老爹老娘憂慮傷心：守身，即守孝，若要父母安享餘年，有一個愉悅的晚年，好好的保養你自己吧！

孔子說：「父母之年不可不知也，一則以喜，一則以懼。」中年子女仍有老爹老娘在旁，可以撒嬌撒賴，持小兒女狀，實在是上天垂憐，人生大幸，可是一想到老人家年歲日高，體能漸衰，總有一天要離自己而去，終不免心中怵慄，惶恐不已，趁著他們還健在的時候，曲意承歡，多盡人子之孝，免得有朝一日留下「樹欲靜而風不止，子欲養而親不待」的遺憾。

以上數帖招數，無非提供參考之用，如何運用，還得自個兒琢磨，每日學而時習之，多多操練，想來一定能夠融會貫通，得心應手，大大發揮「老萊子」之功夫也！

美夢初成

我一直以為，這只是一個癡人的夢想。

每每在藍天晴好，坐擁一山青翠的時刻，這個夢便揪著我的心，隱隱作痛。

今日的我，已經為自己開創了一片天地；今日的我，也已經可以被這個社會接受和肯定，然而，還有太多太多和我一樣的孩子在黑暗中掙扎，找不到一條自己的路。

面對著一張張無助的臉，一封封求援的信，我無法轉身不顧。我竟然覺得安安靜靜坐在家中寫我的稿，過我的太平歲月也是一種罪惡。

為了我的一篇文章放在國中的課本裏，去年春天，某所國中一百多個光頭小男生冒著大雨上山看我，老遠老遠就聽見他們大著喉嚨唱歌，唱得半邊天都震動了。實在淋得太厲害了，但是老師堅持不讓他們進來，我說沒關係，地板髒了可以擦，牆壁髒了可以刷，沒關係的。

可是老師不肯，怎麼也不肯。吆喝著趕小雞似的把他們全趕到馬路邊，蝟集成一大片。

老師說：「妳只要坐在陽臺上講幾句話就可以了。」

結果，我才一露面，一百多條大喉嚨就在老師的命令下衝著我大喊：「劉姊姊好！」

喊得幾棟樓的住戶都跑出來看熱鬧。

喊完了，老師又命令他們唱幾首歌給「劉姊姊」聽。於是，就像上了發條的小機器人，他們唱國旗歌、唱旗正飄飄、唱梅花、唱……可是我多麼想聽聽他們剛剛一路唱過來的「嘩啦啦啦雨來了……」

也喊完了，也唱完了，老師說：「請劉姊姊給同學們講幾句話吧！」

我能說什麼呢？面對這一大群雨中的孩子，一張張中國人特有的溫順、忍耐、樸實的小臉，我發現即便是一句抱歉的話對他們都是一種褻瀆。

我只想哭，只想跑到他們中間一同淋雨。

老師是太尊敬我，太拿我當「大人物」看待了。

然而，我是嗎？我配嗎？難道我一生所追求的就是這些歡呼、讚美，或是讓別人一見了我就尊敬有加、肅然起敬？如果是的，不用別人說，我自己就可以斷定我這一生是個失敗的人物。

因為，遲早有一天我會被這些浮名活活淹死。

病了三十年，生生死死的場面看了不知多少，死神近得觸手可及。一位老太太前一分鐘尚且削著蘋果，愉快的和我們聊著天，突然頭一歪，蘋果骨碌碌的滾到地上去了。一位專門從事中東貿易的年輕人，短短一年中淨賺了八千萬，日夜拚命的結果，卻是患了不治的肝癌，短短不到一個月的時間就死了。

生死一線，那些功名利祿，榮華富貴都到哪去了？

當選十大傑出女青年的時候，腿痛正劇，我忍不住流下輕易不肯流下的眼淚，不是欣喜，而是感觸，因為我發現即便是這樣的榮譽亦不能減輕我一絲一毫的痛苦。

人世間便再也沒有什麼值得追求的，唯一不捨的便是那些孩子，那些依然在黑暗中摸索掙扎，四處碰壁的孩子，如果因為我的經驗或帶領而能使他們的眼淚少流一點，路走得更平坦一點，那麼，我的受苦就不是徒然的。

多少年來，這個夢因而一直醞釀在心中，不時發酵。如果有一塊地，可以教他們手工藝，設置庇護工廠，可以帶著他們種花種樹、養雞養鹿，可以……

如果有這樣的一塊地。

我一直以為自己是在癡人說夢，也許真的是「誠」感動天，居然讓我又碰到幾個癡人，他們被我的夢吸引，願意和我一同做夢。

不僅僅是做夢，而且研究夢想實現的可能，我們發現這個夢並不是遙不可及，只要我們付以愛心、耐心、恆心，加上信心，我們的夢不難實現。

這些，我們都有，雖然並不完備，但我們都年輕，年輕的胸膛還可以再加熱，年輕的心還可以再擴大。

從去年五月開始，我們定期在一起聚會，討論工作的方向和目標，以及可能遭遇到的困難，由概念、構想到細節的計畫，就好像建築公司曬藍圖一樣，一次比一次更清楚的浮現出來。

我們了解，任何一件工作要做得好，事先的計畫一定要周詳，準備要充分。所以，九月份起，我們做了一些預備工作，像是收集殘障同胞的資料，我們希望建立一套完整的資料卡，做為以後職業訓練和就業輔導之依據參考。

其次，我們拜訪了各大殘障福利機構，一方面吸收他們的經驗，一方面學習他們

的長處，我們的工作同人甚至遠至中南部參觀訪問，我們把訪問心得都做成記錄。同時，我們也做了一些市場調查，看看哪一些產品適合我們做，有發展的潛力，有利潤可得。

我們在溪口街四十號租了三十坪一間小小的房子，開始布置我們的小家。這個從來不知柴米油鹽的人居然要處家過日子，方知當家的不容易。

從房屋的粉刷、整修、師資的聘請、桌椅書櫥的購置一直到茶杯抹布垃圾筒，大大小小的事雖然都不必自己做，卻也免不了樣樣操心。

不過操心歸操心，還是歡喜不勝的。看見一間破爛的髒房子給我們布置得煥然一新。大麻繩編的巨大中國結做為壁飾，靠街的落地窗全部裱上棉紙，再貼上大紅色剪紙，一派喜氣。幾乎每個來參觀的朋友都忍不住喜歡這間有中國味道的小屋子。

我們忙得真像辦喜事似的。

為了謝謝上帝一路的帶領和祝福，也為了謝謝許多朋友的關懷和鼓勵，我們特地舉行了一次感恩禮拜。拓蕪見我一身大粉，忍不住打趣我：

「妳今天跟新嫁娘一樣！」

我笑起來。「你錯了，我是當家的婆婆娶媳婦呀！」

其實，辦喜事不難，難在以後的日子怎麼過得周周全全、細水長流。

我們陸續開了手語班、盲人音樂班、中國結手工藝訓練班，一切的師資、設備、材料的供應全部免費。

加上房租、水電、工作人員的薪水（實在微薄得可憐）、行政上的支出，錢便像流水一樣的花出去，第一次發現原來錢是這麼不經用的。

由於要求報名參加的孩子太多，每一封信都辭懇意切，令人鼻酸難忍。我們不得不考慮再開二個到四個手工藝訓練班。七十二年度的計畫尚有專為那些不常活動，較少接觸大自然美景的孩子辦的冬令營和夏令營。此外，還有才藝訓練、心理輔導、專題講座、庇護工廠等等，而這一切的工作都需要有足夠的經費來推動。

凡是認識我、了解我的朋友都知道，我一向是個最不在乎錢的人，因為那時候沒有牽掛，現在卻必須學著精打細算、錙銖必爭。

這一點正是我最大的心理障礙。

記得初病時，同時對寫作及繪畫都有興趣，但自忖以我的精神體力，只能學一樣，如果想學好的話。思量再三，只好捨繪畫而就寫作，最主要的原因，除了寫作比較可以靠自修的方式外，就是稿費賺起來較容易（現在倒頗後悔當時的目光如豆，畫

家的一幅畫可以抵過我爬好幾年格子呢！）

從小，我是個極端要強的小孩，生病之後，自覺父母已為我付出太多，堅持不肯再花他們的錢，有時他們給我五塊、十塊錢零用，也是非到萬不得已不動用。可是我要買書、買文具、買一些零零碎碎的東西，還要籠絡那些專門跟我搗蛋的弟妹，而稿費就是我唯一的財源。

說起來也是很急功近利的。

不過，寫作確實是一種與世無爭的工作，只要管自己文章寫好便是，不需要交際應酬，亦不需要看人的眉高眼低，清風明月，十分愜意。

這樣一個父母面前都不肯低頭的人，如今為了這些孩子卻逼得非開口不可了。社會局第四科張啚飛科長教我說：「跟別人募捐要心安理得、心地坦然，我們又不為自己一分一毫的好處呀！既然是社會工作，就是需要社會支持嘛！」

這些道理我都懂，只是套一句保羅的話，立志「募捐」由得了我，只是行出來由不了我。光是為我們的小圖書館跟幾位出版社的朋友募書就已經令人冷汗直冒、口齒不清了。朋友們都熱心，滿口應承，然而，放下電話，卻仍不免心驚肉跳、羞愧不安。什麼時候自己竟然變成打家劫舍的綠林人物了？

朋友笑稱：「妳本來就是綠林人物嘛！成日住在山裏。」

看來綠林人物也不是好當的。

事實上，我們每年所能接觸、輔導、訓練的孩子也不過占所有殘障人口的千百分之一，實在微乎其微。

我只是希望藉著我們的呼籲和推動，來帶動整個社會對殘障福利的重視、關懷和參與。也許我是自不量力，但不嘗試就放棄，卻是怎樣也不能甘心。

九月分的《皇冠雜誌》，我曾專為顏面傷殘的朋友寫了篇〈陽光之後〉，裏面有一張自稱是「最醜陋的男人」陳明里的照片。三毛看了告訴我，在西班牙的郵局也有這樣一位顏面嚴重損毀的人坐在櫃檯窗口賣郵賣，沒有人拿他當怪物看，他自己亦是神色自若，開朗大方，看到熟朋友還要摟抱親熱一番，不減西班牙男子的熱情。

我半開玩笑的對明里說：「明里呀！如果我們的郵政總局有一天也請你去坐櫃檯，我們的工作都可以結束啦！」

真的，只要政府對殘障者的工作有充分的保障，只要一般社會大眾有足夠的胸襟接納他們，殘障者生活愉快，心理平衡，又何需我們苦苦掙扎著做這份吃力不討好的工作呢？

從始到終，幾乎沒有一個朋友贊成我投入這份工作。我也知道，這是一份艱鉅的挑戰，特別是對一個身患重病、纏綿病榻三十年的人來說。知其不可為而為之，若說我一生還有什麼遺憾和痛苦，這便是了。

我也曾仔細分析自己，究竟為了什麼這樣恓恓惶惶，猶如飛蛾撲火一樣奮不顧身，是為名嗎？我今日的知名度已經夠高了，犯不著如此「犧牲打」。是為利嗎？怎麼算計都是一樁血本無歸的生意。那麼，又為什麼呢？

說來說去，無非是為一道永遠無法癒合的傷口罷了！

朋友們擔心會影響我的寫作，我自己亦是不捨。多少年來，寫作一直是我心靈上最大的慰藉，或者竟可以說是一種娛樂，每完成一篇稿子都十分開心，也可以說寫的本身就是享受。然而，魚與熊掌，無法得兼，總要犧牲一樣。

其實，文章寫得好的人多得是，文壇上多我一個少我一個無關緊要，而這些孩子卻太需要我了，而殘障福利工作也到了不能不做、非做不可的地步。

我想，姑且就把我自己化成一本書吧！我的工作就是書的內涵，同樣鋪陳在讀者面前，一覽無遺。

我自己擔心的倒是突然之間生活做了一百八十度的轉變，我這個單純的人如何去面對錯綜複雜的社會，以及如何在這個錯綜複雜的社會不致迷失自己。

看來我真得祈求所羅門王的智慧了。

朋友曾因我的不聽勸阻，惱怒的說：「妳這樣下去，到底能支持多久呢？」

我衝口而出：「鞠躬盡瘁，死而後已吧！」

原來是要安慰她，一句輕描淡寫的話，說出來之後才發現語氣的決絕，倒教自己也吃了一驚。

我無意把自己塑造成悲劇英雄，這和以往我的個性、行事為人的態度都不符合。然而，我也確知這是一條無法回頭的路，腳步一踏出去便永遠收不回來了。因為，每一步腳印裏都有一份責任，一份愛的承諾。

我喜歡這些孩子，喜歡這份工作，我只是有時候有點寂寞，想說一句：「不要讓我一個人孤軍奮戰啊！」

——原載《中國時報》人間副刊

好生好死

三毛說，她喜歡我那篇〈天地歲月〉，喜歡我給自己擬的那副春聯。

天地無限廣，
歲月不愁長。

我告訴她，其實還有橫批的，只不過大年底下，恐怕觸了人家霉頭，沒寫出來罷了。橫批只有四個字：

好生好死

病了大半輩子，也住了不少次醫院，總不斷看人生，看人死，看人在生死之間徘徊掙扎。

第一次看見人死，我哭了。為死去的人哭，哭她的年輕，哭她割捨不斷的人間情愛。

漸漸看多了，才知曉該為之同掬一淚的是那些活著的人。只有他們，仍然得在人海中浮沉掙扎，汗流滿面。

仍然得承受生老病死的無奈，愛恨恩怨的交纏。活著實在比死需要更大的勇氣啊！

第一次住醫院，就在產科隔壁，沒事時就愛趴在嬰兒房的大玻璃窗外，看那一格格木床內，排列的一個個包心捲似的小人兒。有時候你簡直以為是哪家機器工廠生產的成品，那樣整齊劃一，井然有序。

生命到底是什麼東西？怎麼看不見又摸不著，卻又明明白白會教你哭、教你笑、教你愛、教你恨？

幾十個小嬰兒是幾十個問號。

他們是誰？他們從哪裏來？

僅僅是兩個細胞的結合，不斷的分解衍化而成的嗎？

在沒有被冠上一個姓，一種身分，一種特權之前，他們知道自己是誰嗎？

清一色紅彤彤的小臉，會長成怎樣的一種面目？

小小的腦袋是聰明還是愚拙？小小的心房是容得下全世界，還是狹窄得連自己也裝不下？

他們會走怎樣的一條路啊！是順還是不順？是幸還是不幸？是王公貴卿呢還是升斗小民呢？

而順與不順的定義在哪裏？幸與不幸的分野在哪裏？王公貴卿與升斗小民的差別又在哪裏？

這其間有多少是出於天意，又有多少是出於人意？

如果當初我不生那場大病，今天的我會是什麼樣子？

是學有專長的歸國學人，是安分守己的小婦人，還是三百六十行之內或之外的哪一行？

人生的方程式到底可以演算出多少種不同的答案？就好像手中的萬花筒，輕輕一觸，便是截然不同的面貌。問題是，是誰掌握那一觸的契機？

小時候，父親總喜歡對我說：

「妳乖，不要怕，爸爸會養妳一輩子，將來妳長大了，爸爸給妳招一個女婿！」

明明知道父親是疼我、愛我、安慰我，心中仍不免恨恨，誰要爸爸養一輩子，誰要招什麼鬼女婿！

父親斷定我這一生是個廢物嗎？他大概不曾想到，這樣的話是多麼容易傷到一個極端要強的孩子的心！

我唯一能回答的就是我的沉默。

如今回頭再看，卻又不得不感激父親無心的刺激，就是因為他的話，我才決心要為自己走出一條路。

這樣的孩子其實也很容易偏激憤世，自暴自棄。

有時候也在想，當初要沒那樣的發憤，如今又是什麼光景？一個大字識不得幾個的中年歐巴桑？

當「伊甸」的工作同人探訪殘障家庭時，我們發現有太多太多的重度殘障者竟然連自己家的大門都未曾跨出一步，終其一生蹉曲在陰暗的小屋中。沒有過去，沒有未

來。

生死之間，除了空白還是空白。

一想起來，便禁不住怵然心驚，頭冒冷汗。

而今我又證明了什麼呢？不是比人強，不是比人高，而是證明了只要你肯好好活，你就能活得很好。

證明給自己看，給父親看，給社會看，也給千千萬萬不知為什麼活、不知活著幹什麼的殘障孩子看。

也終於明白《聖經》上為什麼要說，神的大能是要在人的軟弱上彰顯出來。因為，神讓世人看見一個人即便在百般磨難、病體支離中，仍然能活出生命的精華來。

不再掙扎，不再流淚，有的只是長江大河的平穩壯闊，便是大風大浪亦能包容。

暮春季節，幾個朋友窩在曉風的盹谷聊天，不知怎的，話題扯到「玩」上去。七嘴八舌討論著怎麼玩。又是誰會玩誰不會玩的。

只有我嚇得噤口不言。

他們所謂的玩，我是一樣也沾不上邊的。

沒去過尼泊爾也沒走過撒哈拉，不聽音樂也不看畫，不懂得吃也不講究穿，不談情說愛也不風花雪月，怪的是這樣的人也能活出很大的興味來。

朋友們不知道，生活的本身就是娛樂，就是享受。我其實是最大的玩家。

就如曉風滿屋子的稀奇古怪，凋萎的玫瑰、餵豬的食槽、海螺蛀滿了洞的爛木頭，別人看成廢物，在她全是寶。

生命也是如此。

不在乎別人怎麼想怎麼看，在乎的是你自己的珍惜憐愛。

大難不死，必有後福。所謂的福，大概也是對生死的了悟吧！

母親常看我邊做事邊不自覺浮起的笑意，忍不住納悶：

「妳笑什麼？」

「沒笑什麼。」

「沒笑什麼為什麼笑？」

「就是不為什麼笑才笑！」

答問之間，頗見禪機。

年輕的生命，渴羨的是悲劇英雄。轟轟烈烈生，轟轟烈烈死，何其悲壯慘烈、光

照人寰。

年歲漸長，才知道功成名將易做，不易做的是那萬骨中的一根枯骨。世人的眼目看到的永遠是耶穌的受死，他的博愛犧牲，寶血的救贖。可曾有幾人記得，那一條通往各各他山的苦傷道上，是誰替他扛的十字架？

而湮沒在歷史中的又豈只這一人？

開始「伊甸」的工作之後，碰到許多識或不識的朋友，免不了總會聽到這樣的句子：

「妳真偉大！」

我也免不了總是想起耶穌的那幾個寶貝門徒，彼此爭論誰最偉大。結果，耶穌怎麼說呢？

「你們當中，誰要做大人物，誰就得做大家的僕人。誰要居首，誰就得做你們的奴僕。正像人子一樣，他不是來受人伺候，而是來伺候人的，並且為了救贖大眾而獻出自己的生命。」

世上沒有偉大的人，只有偉大的工作。投身在一件偉大的工作，活出神的良善美意，好教別人從我們身上看出神的形象。

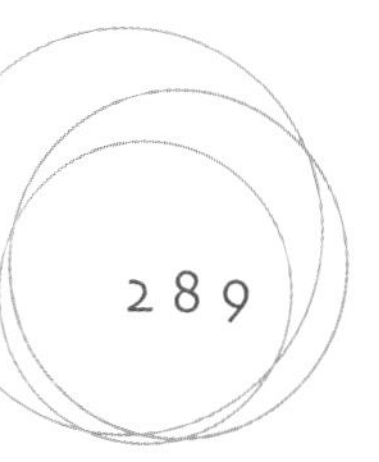

但這樣的努力，若只是為了將來要得天上的冠冕，要搶上帝寶座旁的好位置，豈不也是一種功利？

我們做，只是盡自己的本分，如此而已。

坦然的生，無懼的死。不刻意追求什麼，不刻意製造什麼，生命的歡喜便是它的自然單純，不經雕鑿。

有一回，小姪兒邊嚼口香糖，邊猴兒似的在我身前膩來膩去。我警告他：

「你小心點，別把口香糖吞到肚裏！」

正是專門跟人唱反調的時候，一句話立刻頂回來：「吞到肚裏會怎樣？」

「會把你的腸子黏起來！」

「黏起來會怎樣？」

「黏起來你就屙不出大便了。」

「屙不出大便會怎樣？」

「會呀——」我嚇他：「會——死——翹——翹——」

他想了一會。「人死翹翹就要埋在土裏嗎？」

不知他從哪裏聽來的。「對呀！你喜歡嗎？」

他吐下舌頭，做了個不敢領教的怪樣。「嗯——黑黑的，很可怕。」

我逗他。「那有什麼可怕，你看小花還不是埋在土裏，有一天把你埋在土裏，你也可以開出一朵漂亮的花呀！對了，就叫漢威花好了……」

他咭咭呱呱笑起來。

「每天早上，奶奶給你澆點水，你就笑一笑，跟奶奶說早安，請再給我一點水喝好嗎……」

「奶奶就嚇一跳，」他也開始發揮想像力。「呀，這朵花怎麼還會笑，怎麼還會跟我要水喝，然後……然後……」他笑得喘不過氣來。

我踢他一腳，催他：「然後怎樣呀？」

「然後……然後……然後奶奶的水壺就跌到地上，奶奶就逃走了……」

倒頗有身歷聲的效果嘛，我大笑不已。

只有一旁的奶奶聽得直皺眉頭。「沒事發神經，好好的講這些幹什麼？」

姑姪倆相對做個鬼臉，樂不可支。

有生有死，有死有生，天地大法，原值不得如此驚駭的，只不過成人世界裏有太多的顧忌和束縛，反不如一個四歲小兒眼裏自然可喜。

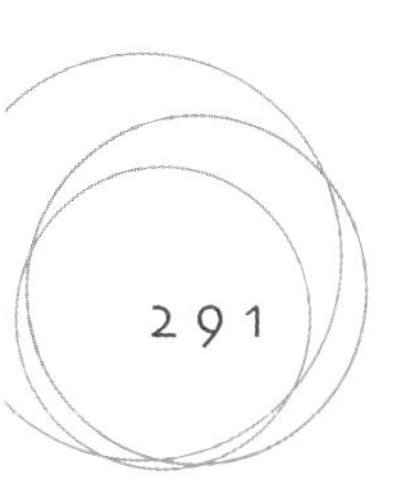

就這樣，我寫下那首禱告詞：

有一日
當我離去
且讓我化做泥中芬芳
等候明春
做為第一朵出土的雛菊

或是五月的禾風
青青的麥田中
為你遞送初熟的香氣
當我離去
請勿為我立碑
若是可能
我寧肯立於你們心中

也勝於荒草淹沒

有一日
當我離去
請勿用輓聯把我包圍
請勿用鮮花將我堆砌
請勿用歌功頌德的文字追悼我
請勿用眼淚和哭聲埋葬我
我已前赴一個神祕的約會
啊
我多麼希望你們歡歡喜喜
如同我的歡喜一樣
我的路已走完
力已出盡

若是我什麼都未曾留下
就讓我悄悄的走
回到我原來的地方

——原載《皇冠雜誌》

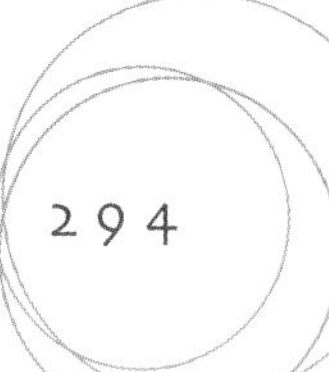

附錄

一個尊嚴的榜樣

——杏林子向殘酷的命運挑戰

柏　楊

青年人最大的特徵是不相信命運，認為專憑拳打腳踢，就可闖出江山。老頭則恰恰相反，幾乎所有的白鬍子，都垂頭喪氣的承認，冥冥之中有一個看不見兼摸不著的神仙老爺，蹲在寶座上，專門作弄他的子民。於是乎，命運是不可抗的，好運來啦，山都擋不住。霉運一旦光臨，只有恁它埋葬，還手徒增煩惱。

柏楊先生不相信神仙，但卻相信命運。命運跟神仙無關，它只是人生過程中不受人自由意志控制的一種事件。所以，問題不在於信不信，而在於它存在不存在。如果它根本不存在，信不信是宗教範圍，打一百次架也說不清。如果它存在，那就超過了宗教，而成為人生的態度問題。是向它雙膝下跪，聽候宰割凌遲乎？還是燒香拜佛，求它手下留情乎？還是破口大罵，三字經傾盆而出乎？抑是面對面的向它挑戰。

鄭豐喜先生是一個典型，他遍身浴血的向命運冷笑。而劉俠女士，是另外一個典型，她像一隻身受重傷的幼虎，向命運發出淡淡的輕蔑。

劉俠十二歲的那一年，正是玫瑰花般的年齡，剛剛離開母親的懷抱，踏進少女的天地。突然有一天，她的手腕隱隱作痛，接著她的腳趾隱隱作痛，接著腿也隱隱作痛，連走路都發生困難。這是一個可怕的轉捩的一頁。從此，結束了她應有的歡樂童年，開始漫長的痛苦生命。在醫院裏七進七出，最後才終於證實她害的是一種迄今尚無藥可醫的「類風濕性關節炎」。那一年，她才小學六年級，勉強參加畢業考試，卻無法參加畢業典禮。當全校師生歡樂的聚在一堂舉行儀式的時候，這個小女孩卻躺在病床上接受折磨。

劉俠的父親劉德銘先生為了給女兒治病，把女兒馱在背上，從北投到臺北，一個醫生接一個醫生，一個醫院接一個醫院，哀哀求治。每換一個醫生，都燃起父女心中的一線希望。每換一個醫院，都使全家人再建立一次信心。然而，到了最後，她的病情反而急劇的惡化，孩子的小手開始腫起來，而且扭曲，而且變形。兩腳也不停的向裏彎曲，向下挺直。腿也變了，同樣的扭曲、腫脹，接著是其他還沒有痛過的關節，

也開始不祥的隱隱作痛。

這是一個什麼情景，這種悲慘的遭遇，再堅強的人都會崩潰，柏老生命的彈性可夠大了罷——很多朋友都要向我呈遞「佩服書」，可是我保證我就不能承受這種打擊。更何況一個十幾歲的小女孩。劉俠最初的反應是正常的，她不言不語，一天不說一句話，一開口說話就流下眼淚。讀者老爺如果有一個十二、三歲的女兒的話，試想一想一旦你的寶貝也成了劉俠的樣子，孩子將會如何，大人又將會如何，這不是「心碎」兩個字所能包括得了的。

我如果有本領，我會把上帝老爺拉到劉俠面前，讓祂看看祂的安排。

然而，小小的女孩沒有向命運屈服，她沒有下跪，沒有燒香，也沒有埋怨。她面對著命運所加給她的殘忍手段，安靜的露著微笑，她開始寫作。

不過，劉俠的寫作要比別人困難百倍千倍，而且是基礎性的困難，沒有幾個人能夠克服的困難。第一、她只讀過小學，很多大學畢業生連封信都寫不通，何況小學程度。上帝永遠不會賜給人們奇蹟的，任何奇蹟都出於人們自己的創造，劉俠開始看書，再多的書都填不滿她飢餓的心靈，以致使她的母親唐綿女士疲於奔命。二十三年過去了，她的寫作能力已超過一些以一代宗師自命的偉大作家。第二個障礙更可怕，她變形彎曲了的手指，根本不能執筆，稍微低下頭，脊椎骨就立刻痛苦。婦女雜誌編輯黃沁珠女士曾記下她的印象：「那天，我在她房裏看她彎捲著手、歪斜著身子，躬垂著頭，握筆的手指，一點一滴慢慢在紙上移動，我實在不忍再望下去。」就在每一個字就是一陣痛苦中，她完成了她的一部散文集《生之歌》，和兩部劇本《誰之過》、《囚》。

臺灣沒有劇壇，舞台劇根本無法演出。而每天都在猛嚷劇本荒的電視公司，你如果看到他們那種一提起劇本荒就痛心疾首，求賢若渴的景觀，真不由的同情之心油然而生。可是「誰之過」、「囚」並沒有引起他們的注意，卻引起香港的注意，而先後在香港演出。——「囚」是今年（一九七七）八月間在香港大會堂演出的，大眾傳播界轟動的報導出中華民國文壇的這枝奇葩。

《生之歌》，劉俠把它獻給媽媽唐綿女士，我們可以想像得到二十三年漫長的歲月中，這位母親對女兒所付出的愛心。——柏老又要發議論啦，我不明白，一年一度的模範母親，為啥不選出劉俠的母親，鄭豐喜的母親，和王曉民的母親，天下還有哪一位比這三位更偉大的母親。

《生之歌》很難買到，書攤沒有，書店沒有，打電話到出版社，每一次都沒人

接，（九歌編者按：本書現已改由「九歌出版社」印行）在這本散文集中，我們聽不到病榻的呻吟，也聽不到掙扎的吶喊，也看不到命運所加到她身體上和心靈上的殘酷烙痕。每一篇都是那麼安詳，安詳得像牆角下的一株鮮花。僅從這部散文集，誰都不能發現作者所忍受的苦痛。在劉俠心靈中，只有愛，沒有恨。這只有大慈悲的胸襟，才有這種大慈悲的人生。這一點，柏楊先生雖比她老了一倍，卻做不到她的一半。

這是劉俠對命運挑戰後的勝利果實，在《生之歌》中，她說：「許多年前，有一位長輩逃離大陸，她因過度思念留在大陸的兒女，導致精神輕度分裂，幾度自殺未果，母親將她接到家中療養。她常握著我的手泣不成聲。我不知道如何安慰她，只有輕輕摟住她，讓她靠在我肩上，希望以一分親情的溫暖，撫慰她傷痛的心。分享別人的快樂很容易，然而，與哀傷的人一同流淚卻是一門艱深的學問。我從小脾氣暴躁、恃寵而驕、上欺姊姊、下壓弟妹，儼然家中的小霸王。但是二十多年來，上帝讓我經歷了極大的苦難，破碎的心，以及無數哭泣的黑夜，這一顆剛硬的心方被鍾鍊得較為溫柔細緻了。」在另一篇中：「我曾有過一雙美麗的手。白皙柔軟，十指纖纖，許多人都羨慕、讚賞過，我也深以擁有這樣一雙手為榮。然而，曾幾何時，十指的關節一個個在病魔的侵蝕下逐漸腫大、彎曲、僵硬，變得古怪而醜陋。……雖然我的手不再美麗，但我希望它多學習一點付出的功課，在別人危難時及時伸出援手。」

這是人生的至聖境界，今年才三十五歲的劉俠——她躺在病床上已二十三年，感情正無止境的悄悄的昇華。《生之歌》至少可作為中學堂的教材，它所表達的文學造詣，遠超過現在用的那些課文，但作者身世所含的意義，是對孩子們的深切鼓勵。

劉俠擁有一個溫暖的家庭，她姊姊劉儀跟妹妹同樣的為我們所崇敬。劉儀去美國唸書，在得到碩士學位之後，就輟學做事，為殘廢的妹妹在臺北買下一棟房子，供其他的弟弟妹妹都大學畢業，十年後的今天，等到弟妹們都已成長，她再去攻讀她的博士學位。她分擔父母的重荷，看顧同胞幼苗，這就是孝道，也就是厚道，為我們這個日趨墮落的社會，帶來暮鼓晨鐘。

鄭豐喜先生的殘廢只是雙足，而劉俠女士還綿延到她的雙手，鄭豐喜先生在裝上義肢後，還能站起來。劉俠女士卻只能纏綿病榻，她要悲慘得多。但他們向命運挑戰的勇氣和獲得勝利卻同樣的使鬼神垂淚。柏老在電話中建議劉俠女士寫寫小說，因為小說的涵蓋更廣，她遲疑她的能力，柏老曰：「這簡單得很，散文加對話，就是小說。」她大聲的笑起來，是一種開朗的笑，蔑視命運的笑。

柏老平常不大祝福人的，但我祝福劉俠女士，眼淚哭盡後的勇氣才是真正的勇

氣。向命運挑戰，說起來容易，寫起來也不過幾個字，但做起來卻千難萬難，而妳已經做啦，不要自憐，不要氣餒。妳，以及妳的姊姊，妳的父母弟妹，已為我們再提供一個尊嚴的榜樣。

——原載民國六十六年十月二日《中國時報》人間副刊

她，及她的書

張曉風

有一天，有個可愛的女人——她的名字叫三毛——她跑到上帝面前祈禱，她的祈禱詞我當然沒聽見，不過大意卻如下：

「上帝啊，我的好朋友杏林子日子過得太慘了，她渾身疼痛，醫生也沒有什麼好辦法，我看她受那麼大的折磨，實在不忍心，希望上帝慈悲，把她帶回祢那裏去吧，讓她終於安息在祢那裏吧！」

她的祈禱或者是對的，因為杏林子從十二歲開始，得了「類風濕關節炎」，全身關節陸續壞掉了百分之九十，算來她的病齡已有三十年，這期間她已經把自己磨成了「忍痛專家」。並且頭頭是道的把痛分成五級三類，即：「小痛、中痛、大痛、巨痛、狂痛」，以及「痠痛、僵痛、怪痛」，這樣的人生還值得活下去嗎？

過了若干時日，三毛得意洋洋的安慰杏林子：「妳不要難過，我已經替妳跟上帝講好了，叫祂快點把妳接去。」杏林子一聽，不禁大吃一驚，連忙作「緊急更正祈禱」：「喂，喂，上帝呀，關於這件事，祢可別聽三毛的，祢還是聽我的。我還沒活夠，我寧可活到很老很老，我還有太多事情沒有做完啊，死不得的！」根據杏林子如今尚在世的事實來看，上帝最後還是接受了那段「更正祈禱」。

這段有趣的真實故事，是杏林子自己告訴我的，她就是這樣一個人：

一個健康的病人。
一個甜蜜的受苦者。
一個快樂的憂世人。
一個富有的窮光蛋。
一個小學學歷，卻練達睿智的人。

她的處女作是《生之歌》，印得相當考究，配上董敏的攝影，字裏行間充滿對生命的熱切和肯定，以後她寫了一本「夫子自道」的《杏林小記》，縷述一個「資深病患」的歷程。當然，「類風濕關節炎」並不是大多數人的經歷，但人的一生誰又是平平順順的呢？讀《杏林小記》其實也是讀「人生小記」呢。她的第三本書是《北極第一家》，這本書似乎不太「風行」，我自己卻非常喜歡，從文學的觀點來看這本書的文章，篇幅加長了，乃更能揮灑自如，而且由於人過三十，開始有了成熟圓融的人生境界，敢於自剖，敢於自嘲，對於人生的無奈，她開始有一種寬容的器度，那個咬牙切齒的、劍拔弩張的戰士形象消失了，代之而起的是很東方意味的「談笑間，強虜灰飛煙滅」，她漸漸在閒定安詳中，部署她自己的勝利。

《另一種愛情》是她截至目前為止的最後一本書。一般而言，我個人願意相信一位作家「最近的書就是最好的書」（不長進的例外），杏林子的這一本倒的確是的，這本書七十二年得了國家文藝獎。就一個真正的作家而言，獎勵並不會增加她什麼，她把屬於獎的榮耀歸給上帝，把屬於獎的金錢轉贈給和她一樣走在人生路上的弟弟、妹妹，她自己呢？仍然是一個瀟瀟灑灑「來去有牽掛」（她牽掛著「伊甸基金會」的工作啊！）的杏林子！

當然如果你要問我杏林子的下一本書，我可能情緒會更興奮，她的作品愈寫愈精純親切，愈明淨高華，尚未結集的單篇例如《天地歲月》等，顯然有其更寬宏的胸襟更蒼勁的筆力。

讓我們來作另一種祈禱：「上帝啊，人間能有杏林子這種人，真是太好啦，雖然她的骨頭很痛，但反正她也痛慣了，祢還是把她留給我們人間吧，暫時別接她回去，把她留到七老八十，讓需要鼓勵的因她受到鼓勵，讓那些應該慚愧的人因她感到慚愧，並且，讓所有的人都因她而感謝上天的恩寵，我們以擁有她為榮。」

我的專職是生病，副業是寫作

陳素芳

僅限身心障礙者參賽的「文薈獎」，在台灣每年近三百個文學獎中，知名度不高，然而與其他獲獎作品相較，這些生命挫折後再奮起的故事，更讓人直接體會到文學救贖與修補生命缺口的力量。就如其他攸關身障者福利一樣，這項活動的主事者之一是伊甸基金會，年復一年，他們都以劉俠的故事鼓勵參賽者。

劉俠筆名杏林子，一九八二年，我開始文學編輯工作，第一位接觸的作家就是她。就在那一年，她捐出稿費與六位好友共創伊甸基金會，從當初二位兼職人員到如今遍佈各地超過一千八百位員工，伊甸基金會儼然成為台灣最大的身障社福團體。二〇〇三年，劉俠過世，我為她編最後一本著作。直到現在，還不時收到各地教育機構來函，要求選入她的作品。過世多年，她的影響力不減反增，成了最佳勵志教材。

勵志書常是短期的暢銷書，而杏林子至今仍擁有廣大的讀者群，正是因為她的人格美，文字教化力量高於文學欣賞。十二歲那年，她罹患類風濕關節炎，身上關節逐一壞死，十六歲時因宗教信仰而重新體認生命的價值，在家自學，開始寫作。她說：「我的專職是生病，副業是寫作。」儘管行動受限於病床與輪椅，身心飽受煎熬，她筆端流露出的卻是生命的喜悅。海內外媒體稱她是台灣的海倫凱勒，在一次對青少年囚犯的演講中，她說：「我也是囚犯，被病所囚，而且終身不得假釋」，唯有文字是通往自由的出口。

寫作讓杏林子自己自足。推己及人，她想到眾多殘障的孩子，如何讓「他們保留最後一點尊嚴與自信，活出一個人的樣子」成為她戮力以赴的目標。今天台灣各種身障福利，包括就學、就業與安全步道設施等日漸改善，正是她寫作維生外，創辦伊甸基金會，成立殘障聯盟，推動「殘障福利法」，長年知其不可而為之的成果。

一九九四年，生病四十年，她毅然舉行一場前無古人的「感恩會兼告別會」，正式名稱是「生命的喜宴」，出門前她對母親說：「唉呀，要是此刻死了，倒也還好，兩件事一齊辦完了。」逗得劉媽媽好氣又好笑。在她面前，朋友不敢喊病痛，與她長年大痛、小痛、劇痛不斷相較，痛字如何說出口？所以她戲稱自己是別人的「止痛

劑」、「安慰藥」，是她久病的「附加價值」，活得長病得久價值就越高。她與三毛、張拓蕪相交莫逆，是文壇有名的「鐵三角」，三毛自殺，兩岸一片哀悼，唯有她十分憤怒。她命若懸絲好友卻棄生命如敝屣，如何能原諒？

初識杏林子，她已是暢銷書《生之歌》、《杏林小記》的作者。第一次到她家，只見她僵直坐在床沿上，夾著筆在膝上的小木板吃力的寫著，看著她宛如橡皮筋鬆綁後扭曲的手指、一旁空著的輪椅，眼眶不禁泛紅。二〇〇三年二月八日，因印傭照顧不當，杏林子猝逝，社會既震驚又痛心。我在急診室門外含淚向她告別，腦中浮現前一年與她相見的畫面：

節慶般歡樂的會場上，她坐在輪椅上，脖子僵直，微笑的看著台上演出，圍繞身邊的，有雙手拄著拐杖，有坐輪椅的，還有顏面傷殘得令人不忍直視，他們穿戴漂亮，要來為「劉姐」的六十大壽慶生。清澈優美的歌聲傳來，四個盲眼的大男孩正唱著「奇異恩典」。

杏林子大事年表

一九四二年　農曆二月十八日出生於西安

一九四八年（6歲）　初上漢口小學一年級

一九四九年（7歲）　初抵臺灣，定居北投，上北投國小二年級

一九五四年（12歲）　就讀北投國小六年級，「類風溼關節炎」病發，正逢初中聯考前，身心備受煎熬，終於無法支撐，休學在家。後北投國小仍頒發畢業證書，此為其最高學歷

一九五七年（15歲）　受洗為基督徒

一九五八年（16歲）　報名參加中華文藝函授學校，學習寫作

一九六一年（19歲）　持續讀讀寫寫，偶有小稿發表

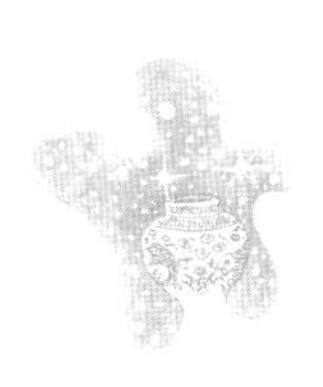

一九七〇年（28歲）　與多位作家合著散文集《遙遠的路》（香港九龍：道聲出版社）

一九七一年（29歲）　為廣播劇、電視劇創作期，前後五年約撰寫四十餘齣

一九七六年（34歲）　散文集《喜樂年年》出版（臺北市：中國主日學協會）

一九七七年（35歲）　開始撰寫勵志小品，出版《生之歌》（臺北市：自印），風行一時，並被港臺兩地編入國小及國中教材

一九七九年（37歲）　散文小品《杏林小記》出版（臺北市：九歌出版社），成為當月最暢銷書籍

一九八〇年（38歲）　獲得十大傑出女青年獎
散文集《北極第一家》出版（臺北市：晨光出版社）

一九八一年（39歲）　賀老父七十大壽，出版《生命頌》散文集（臺北縣：自印）

一九八二年（40歲）　捐出多年稿費，創辦屬於身心障礙朋友的「伊甸園」——伊甸社會福利基金會
散文集《誰之過》出版（臺北市：警政署）

一九八三年（41歲）
散文集《另一種愛情》出版（臺北市：九歌出版社）
散文集《皓皓長安月》出版（臺北市：近代中國出版社）
散文集《凱歌集》出版（臺北市：中國信徒佈道會）
散文集《牧羊兒——于右任的故事》出版（臺北市：近代中國出版社）
以《另一種愛情》獲第八屆國家文藝獎

一九八四年（42歲）
編輯攝影新詩集《大地注・生命注》（臺北縣：基督教橄欖）

一九八五年（43歲）
散文集《母親的臉》出版（臺北市：警政署）
散文集《重入紅塵》出版（臺北市：九歌出版社）
散文集《我們》出版（臺北市：星光出版社）
為王祿松先生編輯《讀雲》詩畫集

一九八六年（44歲）
散文集《行到水窮處》出版（臺北市：九歌出版社）
散文集《種種情懷》出版（香港：宣道出版社）
散文集《山水大地》出版（香港：宣道出版社）

一九八八年（46歲）　散文集《杏林子作品精選》出版（香港：宣道出版社）

一九八九年（47歲）　散文集《凱歌集》出版（臺北市：中國信徒佈道會）

成立「中華民國殘障聯盟」籌備會，擔任籌備會主席

散文集《感謝玫瑰有刺》出版（臺北市：九歌出版社）

一九九〇年（48歲）　在接連請願下，終使「殘障福利法修正案」於立法院通過

「殘障聯盟」正式立案，獲選為第一屆理事長

獲第三屆吳三連基金會社會服務獎

一九九二年（50歲）　父親逝世，享年八十。為其一生最痛

一九九二年（50歲）　寫作均須在病床上，以口述方式，請人代筆

一九九三年（51歲）　散文集《相思深不深》出版（臺北市：九歌出版社）

成人童話集《現代寓言》出版（臺北市：九歌出版社）

一九九四年（52歲）　少年犯罪案例小說《留白的青春•叛逆的歲月》出版（臺北市：健行文化）

一九九五年（53歲）　《生之歌》重新出版（臺北市：九歌出版社）

散文集《生之頌》出版（臺北市：九歌出版社）

一九九七年（55歲）
散文集《阿丹老爸》出版（臺北市：平安文化）
獲靜宜大學頒贈榮譽博士學位
散文集《心靈品管》出版（臺北市：九歌出版社）
《寶貝書：殘障娃娃家長親職手冊》出版（臺北市：伊甸社會福利基金會）

一九九八年（56歲）
散文集《生命之歌》出版（臺北市：圓神出版社）
小說集《身邊的愛情故事》出版（臺北市：皇冠出版社）

一九九九年（57歲）
散文集《在生命的渡口與你相遇》出版（臺北市：九歌出版社）
編輯《為什麼我沒有自殺？：如何度過生命低潮》（臺北市：健行文化）

二〇〇〇年（58歲）
散文集《探索生命的深井》出版（臺北市：九歌出版社）
散文集《真情是一生的承諾》出版（臺北市：圓神出版社）
散文集《美麗人生的22種寶典》出版（臺北市：九歌出版社）

二〇〇一年（59歲）

受聘為總統府國策顧問

獲「王桂榮臺美基金會人才成就獎」社會服務類獎

二〇〇二年（60歲）

精選集《打破的古董》出版（臺北市：九歌出版社）

圖文書《好小子，喬比！》出版（臺北市：方智出版社）

二〇〇三年（61歲）

二月七日凌晨，因負責照顧的印傭精神異常，致遭其嚴重拉扯及傷害，緊急送三軍總醫院急救，不幸於二月八日凌晨四時四十一分離開人間。

杏林子作品重要評論索引

評論文章	評論者	原載處	原載日期
用自己的手寫下永恆	黃韓玲	新生報	一九七七年三月十八日
推介《生之歌》	小民	中華日報	一九七七年四月十八日
介紹《生之歌》	胡簪雲	基督教論壇報	一九七七年四月二十四日
生之歌	薇薇夫人	聯合報	一九七七年五月十八日
人生的肯定——並介紹劉俠的《生之歌》	周增祥	中央日報	一九七七年五月三十日
劉俠的「歌」	陳克環	中央日報	一九七七年六月八日
生之歌——杏林子小品百篇充滿了哲理和愛	曾素姿	中華日報	一九七七年六月八日
劉俠的「歌」	陳克環	中央日報	一九七七年六月八日

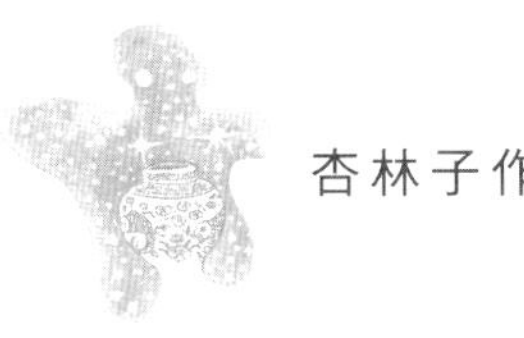

杏林子作品重要評論索引

篇名	作者	刊物	日期
我讀《遙遠的路》心得	林敏惠	國語日報	一九七七年七月十日
劉俠和她的第一本書——《喜樂年年》	盧申芳	自由青年	一九七七年十月
輪椅上的歌手——劉俠的世界	葉經柱	文壇	一九七八年一月
生命的歌唱就是福音	張拓蕪	中央日報	一九七九年二月十五日
推介《杏林小記》	小　民	中華日報	一九七九年三月五日
劉俠的新果	魯　艾	台灣新生報	一九七九年四月十日
不惑的天真人——劉俠推出《杏林小記》	南　林	愛書人	一九七九年五月
令人奮發向上的書——我讀劉俠《杏林小記》的感動	黃忠慎	中華日報	一九七九年五月三十一日
生命就是一首吹著號角的戰歌——《生命之歌》讀後感	張拓蕪	台灣新聞報	一九七九年六月八日
探病最好的禮物——評介劉俠著《杏林小記》	吳涵碧	中華日報	一九七九年六月八日
《杏林春暖》讀後	林素釧	中華日報	一九七九年八月六日

打破的古董

篇名	作者	刊載	日期
我讀《杏林小記》	周　瑗	中華日報	一九七九年八月十七日
《杏林春暖》讀後	雨　聲	青年戰士報	一九七九年八月十九日
從病床上到領獎台——評介《杏林小記》	愷　扉	書評書目	一九八〇年一月
生即是戰鬥	羊　牧	明道文藝	一九八〇年三月
看這《北極第一家》	小　民	中華日報	一九八〇年六月二日
鼓舞人心向上的強者——《杏林小記》讀後	柯錦鋒		一九八〇年六月十八日
一本寫「家」的書	小　民	中華日報	一九八〇年七月十六日
一本純眞・一本福音——讀杏林子的《北極第一家》	張拓蕪	中央日報	一九八〇年九月十日
《生命頌》讀後	鍾天澤	中華日報	一九八三年一月七日
你如何去克服棋逆——《另一種愛情》的啓示	羊　牧	中華日報	一九八三年六月二十八日
她，和她的書	張曉風	文訊	一九八三年八月
生命的歌頌	文曉村	中華日報	一九八四年五月十四日

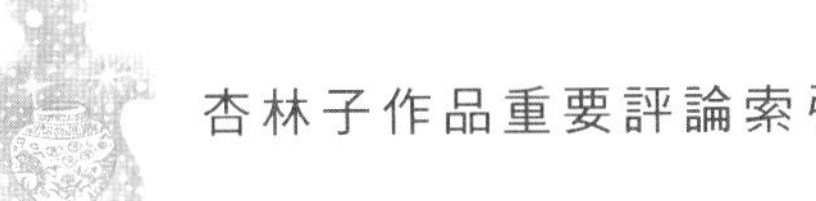

杏林子作品重要評論索引

篇名	作者	刊載	日期
《北極第一家》洋溢無盡的愛	舟　子	大華晚報	一九八四年五月十八日
生命的歌頌	文曉村	中華日報	一九八四年五月十四日
重入紅塵	重　提	婦友	一九八五年
最令人心折的性情之美——杏林子的《另一種愛情》	郭鶴鳴	文訊	一九八五年二月
杏林子的啓示	鍾友聯	中華日報	一九八五年十一月二十一日
讓青春有愛——讀《留白的青春，叛逆的歲月》	胡坤仲	台灣日報	一九九四年四月二十五日
一切皆因有「愛」——杏林子作品導讀	卓宜平	書評	一九九四年八月
讀「生之頌」	胡坤仲	台灣日報	一九九五年九月四日
《現代寓言》導讀	盧憲群	書評	一九九五年十二月
可以當哪一款的老爸——讀杏林子的《阿丹老爸》	李　潼	文訊	一九九七年二月
「家」緣可貴	陳建中	中國時報	一九九六年十月二十四日
杏林小記	林淑如	翰海觀潮	一九九七年五月

打破的古董

篇名	作者	刊物	日期
杏林子譜寫生命之歌	曾意芳	中央日報	一九九八年二月二十六日
生命的亮度與溫度——讀杏林子《生命之歌》	李　潼	文訊	一九九八年三月
和杏林子談「愛」	彭世珍	金石文化廣場出版情報	一九九八年三月
杏林子嘗試愛情故事	李維菁	中國時報	一九九八年四月二十三日
生命之歌不止歇	黃莉貞	自立早報	一九九八年四月二十四日
親子之間的美好旋律——光禹推薦《生命之歌》	光　禹	聯合報	一九九八年四月二十七日
一九九八尋常臉譜，嶲永表情	李家同	聯合報	一九九九年二月八日
杏林子歌詠天長地久	張夢瑞	民生報	一九九九年四月三十日
爲眞情流淚——《眞情是一生的承諾》讀後	文曉村	中華日報	二〇〇〇年三月二十八日

名家名著選 26

打破的古董

作者　杏林子
創辦人　蔡文甫
發行人　蔡澤玉
出版發行　九歌出版社有限公司
臺北市105八德路3段12巷57弄40號
電話／02-25776564・傳真／02-25789205
郵政劃撥／0112295-1
九歌文學網　www.chiuko.com.tw
印刷　晨捷印製股份有限公司
法律顧問　龍躍天律師・蕭雄淋律師・董安丹律師
初版　2002年5月10日
增訂新版　2013年11月
新版2印　2021年7月
定價　300元

書號　0107026
ISBN　978-957-444-914-9
（缺頁、破損或裝訂錯誤，請寄回本公司更換）

國家圖書館出版品預行編目資料

打破的古董 / 杏林子著. – 增訂新版. --
臺北市：九歌, 民102.11

面； 公分. -- (名家名著選 ; 26)

ISBN 978-957-444-914-9 (平裝)

855 102020332